マドンナメイト文庫

美少女肛虐調教 変態義父の毒手

高村マルス

目次

contents

美少女肛虐調教　変態義父の毒手

第一章　鬼畜義父の魔の手

下校途中、雨が降り出して、ポツポツと結菜《ゆいな》の顔に当たった。

（えっ、今日は晴れのち曇りのはずだけど……）

お友だちと校門から出たときはまだ青空が見えていたが、今はもう黒っぽい雲しか見えない。

天気予報では降水確率十パーセント以下で、朝は春のほのぼのとした日差しだったから、学校には傘を持っていかなかった。以前小さく畳んだ携帯用のレインコートをランドセルに入れていたが、最近は邪魔な気がして持っていない。

結菜の綺麗な人形っぽい整った顔が雨で濡れてくる。

家の近くまで来ていて、横断歩道に差しかかった。

赤信号になったので、焦れながら青になるのを待っていると、雨足が強くなった。

信号が青になると、結菜は濡れながら百メートルくらい走って家に着いた。

スニーカーの中までは濡れていなかったので、玄関では靴下は脱がずにそのまま自分の部屋に入った。

もといた家では四畳半の部屋だったから、この六畳の部屋は運ばれてきた本棚やベッド、机やタンスと、新しく買ってもらった収納ラックを置いても、それほど狭くは感じない。新しい家の子供部屋にももう慣れてきた。

机の上に赤いランドセルを下ろした。

「うわ、やばい」

まだ、ハアハアと息が荒い。

白い貝殻のような耳が少しだけ赤くなっていた。

指定の黄色い帽子を被っていたためか、肩まである黒髪はあまり濡れていなかった。

水色の細いストライプが入った長袖のセーターはやや濡れたので、脱いでひとまず椅子の背もたれに掛けた。

ランドセルを背負っていたので背中は濡れなかったが、穿いていた襞付きのショートパンツはかなり湿っている。

下着のジュニアスリップもやや湿っていた。

やっぱり脱いでしまいたくなって、顔までたくし上げた。シャワーを浴びる前に、まず身体を拭こうと思ったのだ。

濡れたスリップが背中から肩に引っかかって、なかなか脱げなかった。

……と、急に部屋のドアが開けられた。

父親が入ってきた。

「やぁン」

結菜は脱ぎかけていたスリップを慌てて下ろした。血のつながりのない義父の秀樹《ひでき》である。

顎ひげを蓄えて、渋いスポーツマンタイプの中年男性という感じだ。昔は高校球児だったらしく、甲子園にも行ったという。

義父にくるりと背を向けて、椅子にかけていたセーターを取って胸を隠した。

「雨に濡れちゃったかな？」

後ろから声が聞こえてくる。わかりきったことを訊《き》かれて、応えることもしたくない。

「いつ来ても、キレイにしてあって、タンスもベッドも机も白で、清潔感があっていいね。部屋全体がおしゃれで。収納も可愛いだろ？」

結菜は首だけひねって、後ろの秀樹と視線を合わせた。ガーリーな花柄の収納ラックのことを言っているのだろう。ちょっと頷いて見せた。

義父の永野《ながの》秀樹は五十三歳で、結菜の母親の美加子《みかこ》が働いていたスナックの常連客だった。美人の母親は去年離婚したあとその店に勤めていた。二人は今年に入ってまもなく再婚した。結菜が新しい父親の実家に住むことになって、三カ月と少しになる。

秀樹は日用品や雑貨の卸売業を営んでいる。従業員三十人くらいの会社の社長で、息子が一人いた。小さな会社でも社長の家だからか、広い家だなというのが結菜が最初に受けた印象だった。

秀樹は昨日も部屋に入ってきて「どうしてる？」と訊いてきたが、何のことかわからなかった。単に様子をうかがうためなのか、特に用はないのだろう。ときどき部屋に入られている。

この時間、事務所のほうから帰ってきているのが怪しいと思った。前にも何度か下校時を狙ってなのか、家にいたことがあって、平気で部屋に入ってきた。

社長らしく能力も体力もありそうで、齢《とし》よりずっと若く見えた。もともとは結菜にとって苦手な大人のタイプではなかった。

結菜の兄になった隼《しゅん》は浪人して予備校生だが、レベルの高い大学を目指していて頭はよさそうに見えた。遊んでくれたり勉強を教えてくれたりした。帰宅部だったと言っていたが、身体は適度に引き締まって鍛えているようだった。部屋にダンベルやエキスパンダーなど筋トレグッズが置かれていた。

隼の部屋は八畳あって、もともと秀樹の書斎だったが、その部屋を分厚い防音カーテンとかの間仕切りで分けて、二人いっしょに使えばいいと言われていた。そのとき一瞬ドキリとさせられた。

結局血のつながりがない兄妹だから、しっかりした間仕切りがあっても、同じ部屋で過ごすのはどうかということで、八畳の部屋は隼が、六畳の部屋を結菜が使うことになった。

優しそうな印象の義父とその息子だったが、秀樹はやがて部屋に入ってきたり、身体に触ろうとしてきたりして、思春期の結菜は気が気ではない。兄の隼もときどきだが部屋に来るし、机についている結菜のそばに立って、肩に手を置いたりした。

結菜は長袖のセーターで胸を隠して、再び秀樹のほうをゆっくりと向いた。

「お風呂入ったほうがいいかもね」

一歩近寄ってきた。結菜はちょっと下がって机にお尻がくっついた。緊張してしまう。

ジュニアスリップはやや透けた素材なので、ちゃんと着ていても服で隠していないと、初々《ういうい》しい乳房と先っぽのピンク色の乳首が見えてしまいそうだ。

(胸、見られちゃったわ……)

可愛い幼顔が羞恥で歪んだ。ぽってり膨らんだ赤い唇が震えている。

脱ぎかけていたスリップで結菜の視界がふさがったとき、秀樹は部屋の中に入っていた。ブラジャーなんてしていないから、裸の乳房を見られたと思った。

乳房は一年前はまだまったく膨らんでいなかったが、今は三センチくらいの高さの小さな半球形のふくらみに成長している。第二次性徴期の結菜は、乳房に羞恥心を強く感じるようになっていた。

結菜は手足もスラリとして、モデルというところまではいかないけれど、バランスのいい身体つきをしている。腰やお尻、太腿までの全体のボディラインがまったく無駄がない感じで、整っていて幼稚な感じがしない。

もう大声をあげたり走り回ったりする年齢ではない。身長百四十五センチのほっそりした可愛い少女だが、幼児ではない。

「結菜ちゃん……」

秀樹はじっとりした眼で見ながら、手をおもむろに結菜のほうに伸ばしてきた。

結菜は身体をひねるだけで、嫌がって離れたりするのは躊躇《ためら》いがあってどうしてもできなかった。

(触られたらどうしよう)

前にも一瞬だが、お尻を触られたことがあった。そのとき故意に撫でられた印象だった。

三段になったフリル付きのショートパンツの腰のあたりに、指先が当たった。

「あっ……」

小さく声が漏れたが、動けなくて黙っている。

手はすぐ離れたが、秀樹は目の前に立って、また手を下半身に伸ばしてきた。

「そんな長いショートパンツじゃなくて、ミニスカートの可愛いのを穿いてほしいんだけど。白のかなり短いのがあっただろ?」

前に白の超ミニを穿いている姿をじっと見られていたのを思い出した。

「寒いから……」

適当に言うと、手がお尻に回された。結菜はビクッとして腰をひねる。

「もう四月じゃないか。家ではミニでもいいじゃない」

手は腰骨の上をうろうろしている。

「ショートパンツはまあ、女子の陸上選手のはいいけどね……」

前にも同じことを言っていた。ネットの動画で、可愛い女子高生のアスリートが白いショートパンツ型のタイツを穿いているのを見せられた。どうやら有名な美少女アスリートのようで、その少女だけアップされた百メートル走の動画だった。ショートパンツのお尻を振って走るシーンがスローモーションで繰り返されていた。

またお尻に手が這わされて、結菜は腰をひねって嫌がるが、秀樹はしつこく触ってくる。

「濡れたショートパンツは着替えなきゃ」

お尻を撫でられていた結菜は着替えを急《せ》かされたので、さっと秀樹から離れて、タンスから着替えのミニスカートを出した。

秀樹が言うのは白とピンクのチェック柄で、かなりすそが短いものだ。結菜が手にしているのはそれとは別の紺系統のミニスカートだった。

着替えろと言われても、そばで見られている。上目で秀樹を見てもじもじして脱げないでいると、秀樹は「見ないから大丈夫」と言って、横を向いた。

義父の目の前でショートパンツを脱ぐなんて……。結菜は戸惑うが、「さあ」とまた急かされ、おずおずとショートパンツを脱いでいった。

ショートパンツを脱ぐと、白いドット柄が可愛いミントグリーンのショーツが露《あらわ》になった。

横を向いていても、視界の端で見られているような気がした。

結菜はエッチな義父から視線を逸らさずに、すばやくミニスカートに穿き替えた。

「うーん、まあ、いいね」

じっと見下ろされて、また手を下半身に伸ばされた。

「やぁン」

直《じか》にお尻や太腿には触られなかったが、ミニのすそをわずかだが捲られた。

結菜はまだ少女だから、かなり短いすそのスカートを穿くことがある。不用意に脚を上げたりしゃがんだりすると、下着が丸見えになる。くるっとターンしても見えたりする。それはときどき起きることで、男を楽しませてくれる。

いわゆる体育座りというのは少女の場合頻繁に起きて、完全にショーツの股間が見えてくる。主に学校でだが、結菜はもちろん幼女のようにまったく気にせずに見せているのではなく、ほかのことに気を取られてその格好になって見えてしまっている。見られていることに気づいたら、さっと脚を閉じるか、伸ばして見せないようにした。

「今日から家の中ではミニスカートだけ。ね、いいだろ？　ほかにもっと短いやつあるよね。今の季節に向いてるのが」

結菜はミニスカートはかなり短いものも好きだが、そんなスカートを持っていることでちょっと後悔もする。

「冬服の短いので、フレアっていうの？　あれ前に部屋でパンツ丸見えだったのを何度か見てるよ。ふふ、またそれ見てみたいね」

冬物のフレアスカートは最初に秀樹に引き会わされたときに穿いていたミニスカートだった。すそが広がった捲れやすいスカートで、秀樹が言うようにショーツを見られたことを覚えている。

腰にそっと手が掛かって、後ろを向くように促された。

横向きくらいになると、お尻を撫で上げられた。

「いやぁ、触らないでぇ」

慌てて前を向いた。とうとう声をあげ、唇を噛んで上目遣いに秀樹を見る。

「夏のスカートはね、薄くてひらひらしてて、下手《へた》なショートパンツよりお尻の丸みがよーくわかるんだ。むふふ、×学生はミニでパンティが覗けるのが当たり前。写真やビデオに撮りたいな。四つん這いのポーズなんかいいねぇ」

「えーっ」

結菜は首をブルブルッと振った。四つん這いなんて、超ミニでそんな格好になったら、穿いているショーツが丸見えになってしまう。

両手で腰を抱《かか》えられて身体が接近してきた。指を腰骨付近に食い込まされた。

「い、いやっ」

腰をひねって秀樹の手を振りきろうとした。エッチな話をされるだけでも恥ずかしくて嫌なのに、身体に触られると危険さえ感じる。

「いいじゃないか、ちょっと触るくらい。ちょっとだけ。お尻をちょっと……」

「お、大人が触ったらいけないもん」

「むふふ、ほら、お尻を……ぐるぐると、ほら」

「うあぁ、あぁぁ」

ほとんど抱きしめられるくらい身体が近いので、手がお尻に回されて、桃尻の尻たぶをやわやわと両手で揉まれた。

「ちょっとしゃがんで四つん這いになってみようよ」

「いやっ、見えるからぁ」

今言われたばかりのパンツ丸見えにさせられてしまう。あからさまにそれを求めてくる秀樹を何とか拒みたい結菜である。それに下着を見られるだけでなく、すでにお尻に触られてイタズラされている。

「ミニスカートの四つん這いほどいいものはないよ。パンティがよーく見えるからね」

わざとあけすけにエッチなことを言って、恥じらわせようという魂胆なのだろう。結菜はそう感じている。そうやってエッチないじめをして楽しもうとしている。結菜は眉をひそめ、眼差しが凍える少女らしくない恥辱の表情を見せた。

右手の指四本がお尻の割れ目に入ってぐっと力が入れられた。割れ目が左右に拡げられた。

「い、いやぁン。しないでぇ！」

ほとんど涙声になって、ブルッと今度こそは腰を強くひねって、秀樹のスケベな手を振りきった。

手が離れた秀樹はふっと息をついて、わずかにだが怒ったような眼をして見下ろしてきた。

「まあ、ショートパンツでもいいよ。ピタッと密着するタイプなら、お尻のくりくりした形が出るから」

お尻のほうを覗こうとする動きを見せて言う。

「やーん」

結菜はまたお尻にイタズラされそうな気配を感じた。

「まあ、さっきまで穿いてたショートパンツはちょっとぶかぶかしてたよね。ひらひらが三段になって……。部分的にヒップの丸みはわかるけど。今度、ショートパンツでピターッとお尻に貼りつくのがあれば買ってくるから、それなら穿いていいよ」

「あぅ……」

結菜は表情が暗くなる。結局恥ずかしい格好にさせて、見て楽しもうという魂胆だとわかる。

「セクシーなのがいいよ。女の子はセクシーなもの穿いて女の子らしくなる。心に影響するから」

また結菜との距離を縮めてきた。結菜は秀樹のほうに少し手を挙げて防ぐような仕草を見せた。

「濃紺の制服スカートとか、白いシャツのリボンタイとか……何というか、典型的な×学生の制服の少女がいいんだけどなあ」

何を言っているのか、結菜は変な話を聞かされて言葉が出なかった。

「ウェストから腰、お尻の線がけっこう大人だね。本当にセクシーロリータだよ。むふふふ」

性的な嗜好を示す言い方で、ドキリとさせられた。結菜の年齢の少女として聞きたくない種類の話である。

女の子として綺麗だとか可愛いとかいうような表現ではない。何かじっくり観察して吟味して、いやらしさを味わおうとする言い方なのだ。如実《にょじつ》に感じて怖気《おぞけ》が振るう結菜である。

虫唾《むしず》が走るけれども思わず下半身にキュンと来るような心に残ってしまう言い方をされて、心が乱れそうになった。

「身体を拭いてあげる」

「えっ……」

危険な言葉に聞こえた。

秀樹はタオルが入っているタンスの引き出しを知っていたようで、迷わずに上から二番目の引き出しを開けてタオルを取り出した。

「ほら、上を脱いで」

「あぁ、でもぉ……」

躊躇《ちゅうちょ》していると、胸を隠していた長袖のセーターを摑んで引っ張られた。

結菜もしっかり手で摑んでいたが、だんだん根負けしてセーターを取り上げられ、上はスリップだけになった。

結菜は顔を赤らめて、両手で透けた乳房を隠した。薄い化繊の生地が雨で湿っているせいで、乳首が透けて見えている。

「上も脱がなきゃ」

秀樹の手が伸びてきて、スリップも脱がせようとした。

結菜がスリップを手で押さえて脱がされないように抗《あらが》っていると、秀樹にタオルを押し当てて水分を吸う要領で、スリップの上のほうを拭かれた。

結菜は胸を隠している手を押し下げられた。

もう乳首が透けたところを見られている。

「いやっ！」

下げられた手を挙げようとして抵抗するが、大人の力にはかなわない。右の乳房を上からタオルで押されて、横へすっと撫でられた。

「あぁン」

結菜は乳首を刺激されて、思わず声を漏らした。眼差しが虚《うつ》ろになっていく。

「バストはまだ膨らんでいないけれど、狭いエリアでポコッといかにも少女らしく飛び出している」

触っておいて、さらにエッチなことを言いはじめた。結菜は秀樹への警戒心が強くなる。

上体を少し屈《かが》めて耐えていると、下半身にも手が伸びてきて、タオルで幼い美脚を拭かれていく。

「だ、だめぇっ」

反射的に脚を閉じて拒むが、「いいから」と太腿へ手を伸ばしてきた。

「十分大人っぽい身体の線になって、そこがアンバランスで魅力的で、お尻の丸みが男の子のお尻とははっきり違うよね」

「いやぁ、触らないでぇ」

「ウエストが幼女とは違ってかなりくびれてる。脚も腕も表面が何か丸みを帯びていて、スラッと長くて、美少女だなあ」

スカートのすそを摑まれて捲られた。

ショーツに包まれた下腹部が秀樹の前に披露された。恥丘のふくらみなどの厚みが少女の肉体を官能的に表している。

「やぁン！」

股間に、手がスポッと入った。

叫びそうになる結菜である。ショーツの股布なんて雨で濡れてない。前から脚の間に手を入れられて、腰を深く引き、内腿を閉じて秀樹の手を強く挟んだ。

（そこは濡れてないっ……）

結菜はタオルを通して、秀樹の指先を感じた。これまでは何をされたのかわからなかったが、もうはっきり性的なイタズラ行為だと認識できた。

結菜は身を縮こまらせ、わずかだが快感が生まれて「あぁぁ」と、小さな呻《うめ》き声を漏らした。

結菜はさすがに嫌がって、口を真一文字に結んで上から秀樹の手を強く押さえた。手の動きが止まった。

「ちょっと、こうやって、拭いてと……」

義父は何やら誤魔化すように言って、まもなく股間からタオルを持った手を抜いていった。

「結菜ちゃんは完璧だね。おめめぱっちり。こんな睫毛《まつげ》がしっとりした女の子はいないよ。お母さんの遺伝かな。眼の感じがそっくりだ。少女でも色っぽいね」

間近からじっと見つめられるので、結菜は気恥ずかしくなって、思わず顔を背けてしまった。何を言っているのだろうと、疑問を感じる。義理の関係でも父親が言うことではないような気がする。

「口が小さくて、唇がちょっとぽってり膨らんで、赤くて、指にチュッと吸いつきそうだな」

指を口のほうに伸ばしてくる。

何の意味があるのかわからない。顔を背け気味になって、眼をつぶってプルッと首を振って拒んだ。

「むふ、ふふふ」

赤い唇を指で撫でられて、結菜はそのいやらしい行為に虫唾が走った。

「丸っこい小さな鼻してるね。鼻の丸っこいのが可愛い。子供の鼻は成長してけっこう形が変わってくるよ」

ちょんと指で鼻頭を触られて、顔をしかめた。それさえエッチな行為に思える。

「髪を掻き上げて……」

そう言われて何の意味があるのかわからないまま従った。

「そう。手でその上げた髪をぱっと払って……もう一回掻き上げて……上を見上げる感じで。そうそう、いいね」

言われるままやっていると、手を伸ばしてきて、肩まである艶々した髪をゆっくり味わうように撫でられた。結菜はハッと息をのんで伏し目がちになった。

床にしゃがまされて、脚を崩すように言われ、横座りになった。

「脚を少し開いて。もうちょっと開いて……そうそう、隙間ができて、ちょっと見えた」

ミントグリーンのややお気に入りのショーツが見えたのだと思うと、脚を閉じて手で前を隠した。

「もう、しないわ。学校の宿題しなきゃいけないの……」

ちょっと口実を使って言い、秀樹を上目遣いに見ている。無言でしばらくじっと見られて、その時間がちょっと緊張させられた。

「ふふ、結菜ちゃんは、今が一番いい時期かな……」

顔や身体を見られながら言われたが、どういう意味かわからない。一瞬訊きたい気がしたが、どうせエッチな意味だろうから黙っていた。

「確か最初に会ったとき、ワンピースのウェストを絞った大人っぽいの着てたね。超ミニでセクシーだったなぁ」

そのワンピースは滅多に着ない服で、母親がよそ行きの服で一番綺麗だからと言って、着ることになった。

ワンピースを着てちょっと脚を開いたり、脚を上げたりした一瞬の隙に、パンティの前のほうもチラリと見えてしまった。前に秀樹が撮った写真の中に、結菜が歩き出した瞬間の絵があって、パンティの前のクロッチまで撮れていた。すその長さそのものは普通のミニスカートよりやや短いくらいで、生地が微妙にゴワゴワしていて、太腿に一瞬引っかかることがあり、風では捲れないが、脚の動きでパンティが見えてしまうことがあった。

結菜は今にして思えば、最初から義父の秀樹を刺激してしまったような気がしている。またそのワンピースを着せられてパンチラを見られたり、写真を撮られたりするんだろうなと、嫌な気持ちになった。

秀樹は言いたいことを言っていたように見えたが、満足したのかどうかはわからない。でも、それ以上何かするには躊躇《ためら》われるムードになったようで、いったん結菜の部屋から出ていった。

結菜はまだ、胸の鼓動が速くなってドキドキしている。

結菜は秀樹に言ったように、教科書とサブテキストをランドセルから出して、宿題のページを開いた。ただ、宿題にはなかなか手をつけることができずに、しばらくぼーっとして無為に時間を過ごしていた。

そうするうち、秀樹は結菜の部屋に戻ってきた。

いかにもまだやり足りないといった風情《ふぜい》で、それがわかる結菜はまんじりともせずに、また上目で秀樹の顔をじっと見つめていた。何をしにきたのだろうと、戦々恐々として秀樹の出方をうかがっている。

秀樹はわずかに気後《おく》れするような視線を逸らしたり戻したりする様子を見せたあと、

「お母さん、買い物に行って、今いないから、帰ってくるまでにシャワー入ろうか」

と言ってきた。

自分といっしょに入ろうと言っている。そんな気がして、結菜はぞっとした。さっきはスカートに着替えさせておいて、エッチなことをしてきた。今度はバスルームに行かせようとする。いやらしい企みをしているに違いないのだ。

無言で小さく首を振ると、秀樹も真似してからかうように首を振った。

手を取られても、「いやぁ」と声をあげて、結菜は動かなかった。

「さあ！」

強く言われて、手を引っ張られた。

ちょっと恐くなる。結菜は仕方なくバスルームまでいっしょに行った。

雨に濡れた結菜はそもそもシャワーに入るつもりだったが、スケベな義父と家に二人きりで不安だったので、身体が少し気持ち悪かったが部屋にいた。そして不安が的中してしまった。

脱衣場に足を入れた。

(裸にさせられちゃう!)

秀樹がそばに立っているため、結菜は恥ずかしさから着替えていたシャツを脱げなくて、ボタンを指で弄んでいた。

「脱いじゃえ」

秀樹にボタンを上から一つずつ外されていく。

「いやぁ、自分でするぅ」

危険を感じて、言ったとおり自分の指でボタンを外した。

結局脱ぐしかなくなって、上は裸になった。四月の半ばでもまだ寒くて少し鳥肌が立ってきた。

「いやぁっ」

まだ乳房が小さい可憐な裸を見られ、羞恥して百四十五センチの乳白色に近い裸体を縮こまらせている。

「オッパイは大きくないけれど、全然幼児っぽくないよね。セクシーだよ」

「こ、こんなこと、いけないことだもん……出ていってぇ」

勇気を出して言うが、眼を輝かせている秀樹には通用しないようで、陶然とした眼差しで間近からじっくり見てくる。さっき触られたから、裸になった結菜はさらに恥ずかしいいやらしいことをされはしないかと恐くなってくる。

「オッパイは別に関係ない。少女だから小さいのは当たり前。というか、発育途上の膨らみがまたいいんだ。むふふふ」

「い、いやぁ」

いやらしい言葉と視線で嬲られて、純なミルク色の肌を撫で下ろされていく。五本の指の腹が触れていく感触がおぞましい。

「やだぁ、触らないでぇ……」

鳥肌が立つ思いがした。さらに指でつまめる程度の大きさの半球型の幼乳をギュッ、ギュッと何度も揉まれた。

結菜は両手で必死に乳房を覆って、邪悪な義父の手から防ごうとした。

「スカートは邪魔だな」

結菜はドキリとさせられたが、否応なくスカートを脱がされて、ミントグリーンのショーツ一枚の裸にされた。

羞恥に身を揉む結菜だが、秀樹の手でお尻をぐるぐると大きな円を描いて撫でられた。

「太腿、ムッチリしてるねぇ」

さっきタオルで脚を拭いていたせいか、秀樹はまだ脚にこだわっている。両手の指十本を使って、脚をスーッと撫で上げられた。

「あああっ」

ゾクッと快感のような刺激で、下半身が震えてくる。思わず脚がもつれそうになって、身体が大きく揺れた。

「ママも美人だけど、将来かなり綺麗になるよ。今の時点で、結菜ちゃんは見ているだけで、もうおチ×ポが立つような、かなり興奮できる女の身体をしてる。自分でわからないかな?」

美貌を誉めてはいるが、不気味ないやらしいことを口にして触ってくる。結菜は可愛いとよく言われることはあるが、それほど自意識過剰ではない。虫唾が走ってその場から逃げ出したくなった。

「うーむ、おなかのところ、前の土手、太腿の丸み……。いいねえ。少女でも本当にセクシーだよ」

パンティ一枚を残すのみとなった結菜は、裸をじっくり吟味するように見られて、異様なことを言われた。

乳首をコチョ、コチョと指でくすぐられて、「いやっ、いやぁぁ」と、上半身をくねらせる。

手で秀樹を押しのけようとしたが、身体を両手で撫で回された。産毛《うぶげ》さえ生えていない滑らかな白肌が思わず鳥肌立った。

「あぁう、い、いやぁぁ……」

羞恥と快感で敏感に反応して、肌にほんのり赤味がさしてくる。白い耳まで赤くなった。

ショーツを手で摑まれた。

「いやーっ！」

結菜は悲鳴をあげて、ショーツを両手で摑んだ。必死に下ろされまいと抵抗している。

「ははは、わかった、わかった」

秀樹も結菜の抵抗が強かったせいか、笑いながらショーツから手を離した。指で、恥丘をトントンと叩いた。

「土手のもっこりから、すぐ割れ目が始まってるよ」

恥丘のちょっと下のほうから、少女の証《あかし》である魅惑の割れ目が始まっていて、その敏感に見えるスジを人差し指でスーッとなぞられた。

「うわぁぁ、やだぁっ！」

結菜はショーツ一枚の裸になったところを、恥裂にまで指を這わされたため、戦慄《せんりつ》の刺激に見舞われた。

「これ化繊だから、綿はまったく入っていないよね。ナイロンじゃなくて、ポリエステルかな。割れ目の食い込みはやっぱりこういうパンティじゃなきゃね。ここだ、土手の真ん中よりもっと上から割れて食い込んでる」

「ああっ」

まともにその部分のことを言って、触ってくる。ショーツへの食い込みが深いことは結菜も感じてわかっていた。

「むふっ、割れ目が深いぞ。指先が隠れるじゃないか」

「や、やぁン、そこっ、指でしないでぇ、やめてぇ！」

ショーツの上からでも、恥裂に指先を食い込まされた結菜は、鋭く反応していく。腰が後ろへすばやく引けてしまい、前屈みになった。

前から腰に手が回されて抱えられ、股間に手を入れられた。結菜はパンティに形が浮き出た大陰唇を指三本で「おいで、おいで」をするように掻き出された。

「いやーっ、そこ、だめぇーっ」

結菜は悲鳴をあげてしゃがみ込もうとした。

「い、いいから、ちょっとだけだから」

秀樹も何か焦るような声になっている。結菜は抱き起こされて、ドット柄が可愛いショーツをさっと足元まで下ろされてしまった。

脚を上げさせられてショーツを取られ、クロッチを引っ張って拡げられた。

「いやっ、だめぇっ！」

長時間股間が密着していたショーツの股布には、汚れのスジが黄色くなってできていた。恥じらいの強い年齢の結菜はそれを見られるのが死ぬほど恥ずかしい。

結菜はショーツを取り返そうとしたが、秀樹は意地悪くショーツを持った手をさっと高く挙げて、ニヤリとされた。

「やぁン、いじめるようなことはいやぁぁ」

やや必死な形相《ぎょうそう》になって言うと、秀樹は「あはは」と軽く笑った。そんなに嫌な笑いではなかったので、秀樹に手を伸ばしてショーツを返してくれるように催促した。

秀樹はすぐ返してくれたが、裸になった前の部分に視線を向けてきた。

「毛なんか一本も生えていない、ツルツルの白いオマ×コなんだね」

「うあぁ、やだぁ！」

全裸にされた結菜は、愛らしい小さな口から叫び声をあげた。

両手で前を覆って見上げると、秀樹はさすがにそれ以上のことはできないように見えた。

秀樹は黙って、そのままバスルームから出ていった。

新しい父親は以前から言動がいやらしかったが、今日で股間を触られ、ショーツを下ろされて、一線を越えた気がする。とにかくあんな調子で、これからずっといっしょに住まなきゃいけないなんて、考えるだけで気持ちがふさいでしまう。

最初は愛情からなのか、ハグされたりしていた。そのときは嫌じゃなかった。元気づけようとするようなことを言われて、ギュッと抱きしめられた。

秀樹は顎ひげがちょっと気になるけれど、イケメンで母親が好きになるのも頷《うなず》けた。

母親が正体を見抜けなかったのも仕方がないと思った。

（ママに、このことを話したらどう思うだろう。何て言うかな……）

考えると、結菜はちょっと不安になる。娘にイタズラしているなんて話しても、本気にしないのではないか。

（わたしの意見なんて、あまり聞いてくれない人だし……）

結菜は母親の日ごろの態度から、ネガティブな気持ちになった。

母親からは再婚してまもなく、義父の秀樹について長々と馴れ初《そ》めを聞かされていた。最初秀樹は勤め先のスナックに一人で来てカウンターで飲んでいたが、そのときは、ほかの客二、三人にも応対してあまり印象に残っていなかったらしい。それから、社員かどうかわからないが、複数で来てテーブル席で飲むようになった。

いつも指名されてテーブルについていたと母親は言っていた。一人で来て飲むときはカウンターになるが、テーブル席にも座った。そのとき口説かれて、カラオケはせずに話し込んだ。前妻とはかなり以前に離婚していたという。

母親は結菜が緊張して、なかなか義父に打ち解けないのを見て、ちゃんと話しておいたほうがいいと思ったようだった。

一週間ほど経った。

その後何もされなかったから、やっぱり大きな声を出して抵抗するとやめてくれるのかもしれないと思った。

顔を合わせても涼しい顔をしているし、何もなかったかのように平気で話しかけてくることもあった。

「たまにはいっしょに寝よう」

夕飯のとき、秀樹が突然言ってきた。

「え？　何それ」

隼が秀樹を見て、箸をちょっと置きかけた。

「いや、隼には関係ない。ママと結菜ちゃんのこと」

「なーんだ」

隼は特に笑うでもなく怒るでもなく、そう言っただけだった。

「あぁ、わたし……子供じゃないから、一人で寝るわ」

「まだ子供でしょ」

母親が言う。

結菜は夜寝る時間になるのが恐くなった。

やがて十二時近くになって、結菜は部屋でパジャマに着替えると、そのままベッドに寝転がった。

（やっぱり夕御飯のとき言っていたように、あの人来るのかな？）

ドアのほうに背中を向けて、戦々恐々として眼をつぶっていた。いやらしい義父を待っているような気にもなって、とても寝ることなどできない。

やがて、ドアを開ける音がした。

はっとなって振り返ると、目の前に秀樹が立っていた。

「今日はいっしょに寝るんだよ」

「あぁ、い、いやぁ……」

脚を抱えるような格好で布団の中にいる。

じっと動かないでいると、

「さあ」

と布団をはがされた。

「やぁン、一人で寝るぅ」

もう涙声に近い。

「いいから」

手を摑まれて、本当に泣きそうになる。手を引っ張られて、寝室に連れていかれた。

秀樹はどんどん強引になってきている。母親もいていっしょに寝るなんて、前にもそういうことはあったが何をするつもりだろう？

まさか母親もいるところでイタズラする気じゃ……。気づかれないようにやるつもりだろうか。そういうふうにするのが興奮するからだろうか。

確かにこれまで母親と三人で寝ることもあった。そのときは何もされなかった。

でも、あの人はエスカレートしてきてる。

（あの人なら、やりかねない……）

連れていかれたのはベッドの部屋ではなく、別の部屋で、そこに押し入れからふだん使わない布団を敷いた。結局、結菜は母親と秀樹といっしょに川の字になって寝た。

母親は秀樹を挟んで向こうにいる。

母親は寝つきがいいほうで、まもなく寝息が聞こえてきた。すやすや寝ている。

結菜は掛け布団の内側でごそっと音がするのを聞いた。

太腿に指先が当たった。

「あっ……」

もぞもぞと太腿から少しずつ上へ指が這い上がってくる。

ショーツのコリッとしたすそのところで指がまたもぞもぞと蠢《うごめ》く。そのあたりのやや敏感なところをいじられた。

（あぁ、だめぇぇ……）

パジャマのウェストゴムに指がかかった。

パジャマを下ろされていく。

結菜は秀樹の手を摑んだが、その手を逆に摑まれて離され、パジャマはさっさと下ろされてしまった。

ショーツまでさっと太腿まで下ろされた。たまに穿くコットンの女児ショーツだった。

結菜は声を出せなかった。母親に知られたくない気持ちになっている。

もう少女の秘密のスジが布団の中で露出している。

指が恥丘の上に置かれたと思ったら、その指が恥丘の真ん中から刻み込まれている恥裂に這わされた。

布団の下で見えない魅惑のスジに沿って、指でスッ、スッと撫でられた。

結菜は脚に力を入れて内腿を閉じ合わせて、股間に手を入れられるのを防ごうとした。

股間には手は入らなかったが、指はすっと少女の敏感な部分に侵入してきた。

「あっ……くうっ……」

声を噛み殺す。ほとんど聞き取れないような声にならない音に過ぎない呻きで、刺激と快感を我慢している。

秀樹はこれ幸いと、結菜の恥裂に指を食い込ませてなぞり上げてくる。

(い、いやぁ、あぁ、三人で寝て、わざとこういう状況で、イ、イタズラするなんて……それを、あぅ、楽しんでる！)

結菜は義父の悪質さ、好色さに悶えていく。母親に知られたくなくてどうしても声は出せなかった。

小陰唇の間にまで指が侵入してきた。

指が花びらの中で蠢くと、ニチュッと音がして、小陰唇の襞二枚が合わさったり離れたりする。

(あぁあああっ……)

口の形だけで、声にはならない。

もう愛液が分泌して幼穴にねっとり溜まっている。ヌルヌルした膣口は、鉛筆のお尻をぐっと押しつけてつくったくらいの小さな穴だが、そこにも指先が入ってきた。

にちっ、ぐちゅっ……。

粘膜との間で、愛液の音がした。

(あぁ、入れられてるぅ……感じるぅ！)

膣への指挿入は完全に一線を越える感覚になった。それをさせたらちょっとした痴漢などとはレベルの違う性行為かなと思う。

もう感じてしまって、愛液が外へ溢れている。小陰唇の襞が充血して飛び出していた。その襞を指でつまんでねじられた。

母親はそばで寝ている。まったく気づく様子がない。

入ってくる大人の太い指は痛いが、力をセーブしている感じもした。結菜は感じさせようとしている意図がわかって、かえってそのおぞましさに鳥肌が立ってくる。

(クゥッ……)

また声を嚙み殺す。どうしても声は出せない。

無言で耐えていると、気持ちが嫌でも恥裂を愛撫される感触に集中してしまう。快感を感じないように我慢していると、かえってじわじわ高まってくる。

ジュル……ジュクッ……。

小さな幼穴から、愛液が滲み出してきた。それは止められなかった。母親の横に寝ている状態の緊張感と羞恥で悶々と悩みながら感じまくってしまい、愛液がねっとりとお尻のほうへ垂れて、会陰はヌルヌルになった。

さらに深く幼膣にヌニュッと、指を入れられた。感触から中指のようだった。第二関節まで入ったことがわかる。そこでもっと太くなっている感じがして、それ以上入らずに止まった。

しばらく膣穴に指を挿入されていた。秀樹はなかなか指を抜こうとしない。

（いやぁぁ……入れたままにして、何をするっていうのぉ？）

長い時間指を膣内に入れられて、そこを強く意識せざるをえなくなった。

ゆっくり出し入れされはじめた。

「ほーら」

一言結菜のほうを向いて言われた。その合いの手みたいな一言だけで、秀樹の少女をいやらしく味わおうとするスケベさのすべてが表れているような気がした。そんな好色な義父に支配されていく。

ヌポッと指が幼膣から抜かれた。

ごそごそと横で音がして、秀樹が身体を向けてきた。

ネロネロと、愛らしい耳を舐められた。

「むふふふふ」

低く笑う声……。再び、恥裂に指が這わされた。今度は、最も感じる肉の突起が狙われた。

「ククゥ、い、いやっ……」

結菜は我慢していた声を思わず、漏らしてしまった。

第二章　バスルームの絶頂快感

一家四人で夕飯の食卓を囲んでいる。話も弾んでいた。隼が予備校講師の悪口を言ったり、母親や義父が笑ったりして、一見仲のいい家族に見える。

自分だけほとんど話さないので事情を知らない母親や隼にはおかしく思われているかもしれない。ときどきちらっと見られたりする。

黙っていたらこのまま何もなかったことにされてしまう。いや、義父の行為はこれからも続くだろう。

（あぁ、身体に触ってくるぅ……）

秀樹のしたことは性的なイタズラだった。何かと口実をつけて、ずるいやり方でやった。

（女の子のアソコ、一番触られたくないところをいじられたわ）

結菜はそのときのことがフラッシュバックしてくる。だめぇっと、心の中で叫んだ。まだ恋も知らない少女なのに、好色な義父の手で全裸に剝かれ、乳房は揉まれた。恥裂もいじられてしまった。十代前半の少女が大人の男に真っ裸にされて、身体の性的な部分を玩弄《がんろう》される。その事実を脳裏にめぐらせて考え込んでしまう。子供らしい元気で明るい性格ではいられなくなる。

結菜は嫌な思いを振り払おうと思わず首を振った。そのときちょっと隼の視線を感じた。

「どうした？」

訊《き》かれてすこし狼狽《うろた》える。秀樹の視線も感じている。

もし家族四人でいるとき義父のことを暴露したら、どうなってしまうのか。それは想像もつかない。今の結菜にとてもそんな勇気はなかった。

食事が済むと、いつものように片付けを手伝った。

母親が近くにいる。

（でも、やっぱり言わなきゃ……）

ふと話す気になって、洗った皿を置いて母親のほうを見た。母親もちらっと視線を向けてきて「何？」と言うような顔をした。

結菜は母親が義父と揉めるところを想像してしまうし、だいいち口にするのも恥ずかしい。なかなか言いだせなかった。

片付けを終えた母親がステンレスの流し台の上をさっと拭きながら、進学について塾には行かないのか聞いてきた。そのとき、母親の後ろにいた結菜は勇気を振り絞って口を開いた。

「パパが……」

パパという呼び方は抵抗があって言いたくなかったが、母親には前に「あの人」と言って怒られていたので、仕方なくパパと言っている。

「パパが何？」

母親が結菜を振り返った。

結菜はちょっと気後れしそうになるが、いつか言わなきゃいけないと思った。

「パパが触ってきたの……」

結菜が言うと、母親に無言でじっと顔を見られた。

「胸もお尻も。それに、裸も見られたし。あ、あそこもいじられたの」

隠さずそう言うと、結菜は母親に異様なものを見るような眼で見られた。沈黙の時が流れたが、母親との間で経験したことのない気まずさだった。

「あなた、何言ってるの？」

「だから、エッチなイタズラされてるの」

さらに言うと、また母親に眉をひそめてじっと顔を見られた。

しばらく考え込むような様子を見せて、ちょっと表情が変わった。

「そんなこと、ないでしょ」

やはり、結菜が思ったとおりの反応が返ってきた。

結菜はそれ以上あえて訴えることはしなかった。しつこく言っていると、母親の性格から考えて、怒るだけだと思った。

言わないほうがよかったかもしれない。母親は娘の自分より新しい夫のほうを優先するようだった。再婚後の母親の態度で、以前からそう感じていた。

でも、母親の表情からすると、本当は伝わっていて、表面的に口では認めないように思えた。

翌日になって結菜が学校から帰ってくると、母親が帰りを待っていたかのようにすぐ部屋に入ってきた。

「パパに聞いてみたわ」

と、意外にもそう言ってきた。

結菜は急だったのでちょっと緊張して、母親が何をしゃべるのかまんじりともせず聞いた。

「パパは酔っぱらっていて、よく覚えていないって」

母親はどこか誤魔化すような顔をして、そう言った。何を言っているのだろう。母親も嘘をつこうとしているように感じた。

「全然酔っぱらってなんか、いなかったわ」

即座に言うと、母親は応えずに、わずかに狼狽える顔をした。

「とにかく覚えていないんだって……」

言われて、結菜はもちろん認めるわけにはいかないが、夫のことを優先する母親のようだから、強く訴えても仕方がないような気がした。

「そういうことはね、女の子にも原因があるものよ」

母親はワンクッション置く感じで、また誤魔化すように嫌なことを言ってきた。とにかく夫との関係を悪くしたくないようで、見て見ぬふりをしようとしている。

結菜はそんな母親の態度に腹立たしさを感じた。

結菜は子供ながら、何もなかったことにしてしまおうとする母親に失望した。

学校は新学期が始まって一週間経ったくらいで、異常なことが起こっている家庭とは別世界のようだった。クラスの友だち関係は新鮮な感じがして、みんな生きいきしていた。

学校は普通に楽しかった。結菜の成績は悪くはないが、それほど優秀でもないので、小さいときに何でもできると単純に思っていたことが現実には通用しないことがわかるようになっていた。

もう母親が言うように塾に行ってもいい年齢だし、結菜は大学まで行きたいと思っている。それが今家庭の中で血のつながりのない親から性的な行為をされて、直接は関係ないものの、希望がやや持てなくなっている。

母親が義父の秀樹に話してから、まもなくその秀樹が結菜の部屋にやってきた。

「お母さんに言ったんだね。だめじゃないか」

秀樹はそれほど怒っているようには見えなかった。だが、じっと見下ろす眼は笑っていない。

「だってぇ」

不服そうな眼で秀樹を見上げるが、また邪《よこしま》な手が伸びてきた。

「あっ……」

結菜は声をあげて尻込みするが、秀樹に着ている長袖Tシャツのすそを掴まれた。

結菜は「いやぁ」と抗《あらが》いの声を漏らしてむずかる。だが、長袖はさっさと脱がされてしまった。上は女児用のキャミソール、下はデニムのミニスカートを穿いている。

「おぉ、キャミソール、可愛いんだねぇ」

キャミソールは女児用でも、ダサくない化繊のスルスル滑って着心地のいいもので、胸にピンクの小リボンが付いている。前に部屋に入られたときは、濡れたスリップ越しに乳首が透けているところを見られたが、今は乳首の尖りがキャミソールに形を表していた。

秀樹に興味津々《しんしん》の眼差しで、下着に形が浮いた乳首を見られている。

「いやぁ」

恥じらいから、手で両方の乳房を隠した。

胸から腰のあたり、脚まで舐めるように視線を這わされた。

「子供なのにね」

何を言いたいのだろう。じっと見てくる。

「S字の悩ましい曲線が大人だよ。腰がくびれてるよ」

秀樹は結菜の前で、ウェストから腰や太腿まで手のひらでS字カーブの形をなぞるようにして示した。結菜は直に手で撫でられると思って、一歩あとずさった。秀樹が迫ってくる。

「脚がスラッと長いから、見た感じエロで、綺麗で、これがいいんだ」

秀樹が前でしゃがんだため、結菜は下半身に意識が集中して脚をピタッと閉じた。

手が伸びてきて、幼いなりにスラリと長い結菜の脚を、足首あたりから内腿のゾクッとするところまで撫でていった。

くびれていると言った腰にも確かめようとするように触ってきた。

「大人のプロポーションのいい女ほどじゃないけれど、ストンと胴がお尻まで一直線というような幼児とは全然違うね」

そう言われても、結菜はほとんど意識したことがないので、何も反応のしようがなかった。

腰で言えば、結菜は腰骨が張って、それに見合う尻肉がついて臀部は丸々として厚みがあった。それゆえウエストの悩ましいくびれが強調されてくる。そんな少女の腰つき、尻のボリュームは大人の男を誘惑するのかもしれない。

「やっぱり脱ぐんだ！」

結局は裸を求めてきた。

「あぁ、いやぁ」

結菜はキャミソールのすそを摑んでたくし上げられ、頭からスポッと脱がされてしまった。

結菜はショーツ一枚の裸にされてしまうと、脇からスーッと腰まで撫で下ろされた。さらに嫌がって横を向くと、背中を指先が触れていって肌でゾクッと感じてしまう。

「滑らかな肌だな。産毛《うぶげ》がほとんどない」

胸を触られまいとして、膨らみかけた乳房を隠すが、秀樹は両手で身体をまん丸い桃尻までしつこく撫で下ろしたり、撫で上げたりした。

秀樹は結菜が手で庇《かば》っている胸にも手を伸ばしてきた。手を摑んで離され、乳房を露《あらわ》にされた。

「いやらしい形をしたオッパイだなぁ」

そんなふうに言われたくない。小さな柔らかいふくらみに指が触れてきて、結菜は「いやっ」と声を漏らし、また乳房を両手で庇った。

数カ月前まで平べったいおちょこを伏せたような形だったのが、徐々に膨らみを持ってきて、ポコッと盛り上がり、半球型の少女なりに悩ましい乳房に成長してきた。

秀樹は指で軽くだが乳房を押してきて、触り心地を味わおうとしている。結菜は身体を縮こませた。

邪魔になる結菜の手は、ギュッと無造作に掴まれて下げられてしまった。

「いいじゃないか、ちょっとぐらい……むふふ、ほら、こうやって、揉み揉み。感じるだろう？」

小さな半球型の乳房は揉み捏ねられて、柔らかい脂肪の肉が何度も歪《いびつ》な形に姿を変えた。

「い、いやぁ、やめてぇ、やーん！」

身体をひねっても、手足をバタバタさせても逃げられない。大人と子供の力の差は歴然としていて、抵抗できない無力感で涙ぐんだ。

結菜はお尻に痴漢されたことはあったが、乳房にはほとんど触られたことがなかったため、恐くて、恥ずかしくて、ひたすら身を縮こまらせていた。

だが指で豆粒のような乳首の突起を撫でられていくと、キュンと来るふだん感じたことのない鋭い快感が生じてきた。

「むふふふ」

鈍く笑いながら乳首を見られている。秀樹の顔がすぐ自分の顔の上にある。その顔がいやらしく笑っている。

爪で掻くようにして、乳首をコロコロ転がしてきた。

「あ、あっ、あぁあああっ」

結菜は上半身がカクッ、カクッと何度も揺れた。左右の乳首とも、人差し指の先でコチョコチョとくすぐられていく。

「ほーら、結菜ちゃん……」

秀樹が何を言いたいのかわかる。嫌なのに感じてしまって乳首が突起したのだ。

「こんなになっちゃって」

結菜は何も言えずに上体をひねる。肩を掴まれて前を向かされた。

「こうやっていじられるとぉ……ほらほら、乳首がほら、コリコリ、コリコリ、硬くなってる」

いい気になっていじってくる。乳首がよほど好きなのか、くり返し指先で転がす。

「触らないでっ……やぁン、あぁあああーん」

乳首は感じて突起し、ピクン、ピクンと、細かく鋭く反応してしまう。

「×学生の女の子が乳首でこんなに反応するのか」

そんな言い方をされて、結菜はがっくりと項垂《うなだ》れた。

「結菜ちゃんの乳首はね、もっと大きくなってお母さんみたいに飛び出して、搾ると汁が出てくるようになるよ」

つまんで歪な形につぶされ、じっくりと揉まれた。

「あぁあああっ、そんなことぉ、い、いやぁっ!」

乳輪から見事に飛び出した乳首は指で捏ねられて、ひょこひょこ動いた。

「ねっ、感じてまんざらでもないんだろ。気持ちがよかったんだ。ツンと尖ってきて、スケベになってる」

「やーん、あなたがするからぁ」

「だから、あなたって言うのはだめだ……。ふふ、まあ、いいか」

胸に顔を近づけて、尖って飛び出してしまった乳首を興味深そうに見られた。

「えっ……」

口が急に接近してきた。

「うあぁぁ!」

ツンとなったピンクの乳首を、ジュッと口で吸われた。

「だ、だ、だめぇっ!」

吸いつかれた乳首におぞましい感触が生じた。心に拒絶感が起こる。そこを口で吸うという予想ができていなかった。

「やぁン、しちゃ、いやぁーっ」

口の中にチュッと吸い上げるようにして、舌でネロネロ舐められていく。身体をよじるが抱きしめられて、まったく逃げることができない。大人の力で押さえられて、どうすることもできない無力感に苛《さいな》まれてしまう。

もう一方の乳首にも吸いつかれて、チュッ、チュッとキスをするように吸われ、また口に含まれて強く吸われた。

「あぁ、やだぁぁ、じ、したら、だめぇっ」

身動きできない状態で敏感な乳首を吸われ、どうしても快感を避けられずに涙が出てきた。

「いひひ、しどけなくなってきたね。少女でも乳首は感じちゃうから」

乳首を吸われ舐められて、同時に髪から耳、首すじも撫でられた。秀樹が何を言おうとしているのかわかっている。伏し目がちになった眼差しと、半開きになっている口。自分でも大人からどう見えるか、わかってきている。感じさせるために身体のさまざまな箇所を愛撫されてきたし、結果的にそれを受け入れてきた。

結菜はその場に押し倒されて、百四十五センチの小さな身体を大人の体重で押しつぶされた。そのうえ両肩をしっかり摑まれて押さえられていく。絶対逃がさないぞという意志がこもっているようなやり方に、結菜はまた涙が溢れそうになる。

「感じちゃって、結菜ちゃんの身体が、して、してぇと言ってるんだ」

「やめてぇ！　いやっ、いやぁーっ」

異常なことを言われて怖気《おぞけ》が振るう。悲しいような泣き声を披露するが、秀樹はそれさえ楽しいのか、満面の笑みを浮かべている。このまま感じさせられていくと、自分がどうなってしまうのか恐くなる。

「女の子のあそこが濡れてくるよ」

言われた意味を結菜は理解できた。結菜はごくたまにだが自分で恥裂をいじることがあって、そこが感じるとヌルヌルしてくることを知っていた。それにこれまで愛撫されて愛液が分泌していた。

「どんなパンティを穿いてるの？」

耳元で囁《ささや》くように聞かれ、デニムのミニスカートを捲られた。

「いやぁぁ」

「こんなピンクのパンティ穿くんだ」

穿いているショーツを確かめられて、さらにスカートを脱がされた。

薄い生地のショーツに、魅惑のスジがくっきりと表れている。

「ピンクで生地も薄いね」

「いやぁ、ママが買って置いてるから」

「買ったのはお母さんでも、それを選んで穿くのは結菜ちゃんじゃないか」

「それしかないもん」

「ほかにもあるじゃない、白い普通のが。タンスの中見たよ」

「やーん、勝手に見ないでぇ……」

学校に行っている間タンスの引き出しを開けて、ショーツを見られていたらしい。下着を触られていたと想像されるが、恥ずかしくて考えたくもなかった。

「スカート上げて持っていてよ。ちゃんと上げてて……そうそう、見えてる」

スカートのすそを持たされて上げたままにしていると、指で前の大陰唇のふくらみを押された。

「いやっ！」

結菜はピクンと腰を引いて、スカートのすそを下ろした。

「触らないから、見せて」

「やーん、触るわ」

結菜はスカートの前を両手で押さえている。

絶対触らないからと言って、またすそを上げさせられて、ピンクのセミビキニショーツを露にさせられた。

「割れ目ちゃんのところ、ふくらみのところね。そこは大陰唇。ぐふふ、その内側は小陰唇」

「あぅ、恥ずかしいこと言うの、いやぁ……」

「大陰唇が尖ったふくらみになって見えるよね。小陰唇じゃなくて。ぽってり膨らんでいるから大陰唇だ」

言っていることは理解できる。名称も知っている。

「このパンティ、前に穿いてたぶかぶかした女児ショーツじゃなくて、ジュニアショーツというか、ちょっとビキニっぽいね。いつもこういうの穿きなさい」

結菜もいわゆる女児ショーツなどは好きではない。ただセクシーな下着が好きなのだが、秀樹の好みとして餌食《えじき》にされそうで穿きたくなくなる。

「椅子に膝で立って、こっちにお尻を向けて」

言われるまま椅子に上がった。スカートは捲られて、またすそを上げたまま持たされた。

「そうそう。こうやるとよく見える」

パンティのゴムをつまんで、ぐっと上げさせられた。柔らかい尻たぶも上がる。

「あっ、触ったわ」

「わかった、もう触らないから。椅子の背もたれのほうに身体を預けて……大丈夫だ、ひっくり返ったりしない」

そんなにお尻には触られなかったので、言われるとおり背もたれに身体を傾けて、お尻を後ろに突き出した。

「このポーズが可愛くてセクシー。これだけでおチ×チンがビンビンに立つよ」

「いやっ、聞きたくないっ……あっ、だめぇ！」

やはりお尻に手が伸びてきた。秀樹の目の前に丸いヒップがあるのだから当然かもしれないが、ムギュッと両手で左右の尻たぶを鷲摑みにされた。

お尻を振って抵抗すると、手が離れて椅子の座面に膝で立っていた結菜はそのまま後ろの机の上にお尻を乗せさせられた。

机に座って、何をされるのか不安でいると、両膝を手で摑まれてグイグイ左右に開脚を促《うなが》された。

「あっ、開くの、いやぁぁ」

結菜は痛そうな顔をしたが、否も応もなく大きく脚を開くことになった。

「パンティ穿いてるからいいじゃないか。少女は股関節が柔らかいから、自在に開く。

嫌って言ってもそんなに嫌がらないじゃない。百八十度開くかな。思いきって完全におっぴろげてみよう」

「うわぁぁ、いやぁーっ、そんなに開かないわ」

机の上で身体をひねる。脚も閉じようとするが、内腿の痛いところに指を食い込まされて開脚させられていくので抵抗できなかった。

「ほーら、開いてくる。股関節の柔らかさがすごい。簡単に開くね。両脚がまっすぐになって……でも、まだ百五十度くらいだ」

「いやぁーっ、これ以上開かないぃ」

「もっとだ……開くんだっ」

また内腿をグイと押されて、大股開きに持っていかれる。腕をかなり伸ばして足首や踵《かかと》を摑まれ、最大限に開脚させられた。

「あぁあああっ、い、いやぁぁっ」

もう言葉どおり百八十度に開脚させられて、結菜は苦悶した。

机の長い端から端までまっすぐ百八十度に開脚して、破廉恥なポーズを見られている。結菜の心の中は羞恥と快感の官能が溜まってきて、大人以上に恥じらいが強く、腰がくねくね蠢いてしまう。

机に上がった結菜の前に秀樹が立っているが、イタズラするのに股間の位置が適度な高さに見える。

「ほら、脚を曲げちゃだめなんだ。膝をまっすぐ、まっすぐだ！」

「だ、だめぇぇ、無理ぃ！」

結菜は痛がる顔になるが、股関節は柔軟だった。恥辱ではあるが、やはり百八十度の開脚は維持されていく。結菜は股間を手で庇って隠そうとした。

「恥ずかしくない。フィギュアスケートだってバレエだって、パンツ丸見えだ」

「いやぁ、い、意味が違うぅ」

「ほらぁ、大股開きがすごい」

「あぁーうっ」

しかめっ面《つら》で首を振りたくった。股関節の苦痛よりも羞恥と無理やり感じさせられる開脚の快感に心が乱れてしまうのだ。

「できるじゃない。パンティのクロッチがピーンと張って、むふふ、こういうのを見たかったんだ」

「いやぁっ、見るの、いやっ、だめぇーっ」

机の上でやらされる大股開きは、すでに全裸でお股を見られた結菜も恥ずかしさで狂おしくなってくる。

　クロッチの両側の真っ白な内腿と鼠径部《そけい》が露になっている。クロッチの幅はやや狭くて、大陰唇の外ギリギリのきわどいところまで露出している。その部分もくすみがなく真っ白だった。

「い、いや、いやぁぁ……」

　股間部一帯に秀樹の視線が注がれている。じっと注視するように見られて、まだ×学生の少女でも羞恥と屈辱感に苛まれる。

　結菜は椅子に座った秀樹に正面から股間を見られて、「あぁう」と、声を漏らしながら顔を赤らめている。終始わざとらしく辱《はずかし》めようとするやり方だから、多感な時期の少女にとって恥辱感が強い。ただ、乳首をしゃぶられて感じさせられていた結菜は、クロッチの内側で花びらが開くと、ふと見られる快感も芽生えて幼膣が感じてきてしまう。

　ピンクのセミビキニショーツには、うっすらと湿った楕円の染みができていた。

　その染みのスジを指先でズズッと上下になぞり上げられた。

「ああっ、それ、だめぇぇ」

　結菜は脚を閉じたが、秀樹に「こらっ」と一喝《いっかつ》されて、脚を押し開かれた。開脚は百八十度から少し緩んだが、まだ大股開きの屈辱ポーズであることに変わりはない。

秀樹の指がピンと張ったクロッチの生地にめり込んで、ぐりぐりと穴の位置で小さな円を描き、ぐっと押してきて、また上へ肉芽までズズッとなぞり上げた。

「あぁあああーっ、やだぁぁ、しないでっ」

「おっ、愛液がしみてきた」

「あうっ」

言われて、結菜は顔を背けた。自分のそこに何が起こったかわかっている。強制されているとはいえ、大股開きの脚をもう閉じようとしなかった。すでに根負けしてきている。

秀樹の邪悪な指によって、結菜のジュニアショーツのクロッチに形が浮いた大陰唇は凹まされていじられ、わずかに形がわかる小陰唇も、指先で細かく上下に執拗に撫でられた。

「はぁン、ああン、やーん、も、もう——」

ジュクッと、愛液がまた分泌してくる。

「割れ目、スジは性器じゃないと思うよ、だから見せてもいいんじゃない？」

「いやぁ、それ違うぅ」

「大陰唇はもはや性器じゃない時代かな。　大人も子供も」

「いやっ、せ、性器……ですぅ」

大人と少女で異常なやり取りになった。

「まだ少女は性器が未発達だから、大陰唇にパンティを細くしてこうやって、食い込ませておいて」

秀樹はショーツのクロッチを指で絞って幅を狭くし、引っ張って大陰唇の間に食い込ませた。その食い込み感がきつい。

「いやぁーっ」

グイグイ引っ張られると、恥裂が圧迫されてこすれ、感じてくる。

「ぐふふ、クリトリスもわかるぞぉ」

「アァッ……そこっ、ひいぃ、だめぇぇ、クゥッ！」

指の爪でカリカリと、ショーツの薄い生地越しに徹底して引っ掻かれ、刺激されていく。　結菜の少女器は大股開きの恥辱ポーズの状態で、ショーツの上からだが、縦横無尽に愛撫玩弄された。

「はうあぁっ、イグゥ……イ、クッ……あぁぁぁぁっ、くはぁぁぁぁあうぅーっ！」

65

結菜は強制されているとはいえ、好色な義父の求めに従って、百八十度近い開脚を維持し、身体全体で恥ずかしい絶頂ののけ反りを披露した。背中をきつく後ろへ反らせて、ビクッ、ビクンと全身を痙攣させた。

「あぅ、あふぅぅぅ……」

イッてから、胡乱《うろん》な眼差しで正面の秀樹と眼を合わせた。

脚をゆっくり閉じていく。秀樹にニヤリと卑猥な笑みを送られた。

「笑わないでぇ」

情けない声になる。

「笑うよ。結菜ちゃんのイッた姿をニターリ笑って見てるぞぉ」

「だめぇぇ、そういうふうに言うのは」

結菜は最後までいやらしい秀樹の言葉に、涙がポロリと頰を伝って流れた。

しばらく机の上で、ハアハアと荒く息をしていたが、やがて机から下ろされて床に立たされた。

「ああっ、脱がさないでっ」

腰のゴムを両手で摑まれて、ショーツを下ろされそうになった。

やっぱり……。それは当然かもしれなかった。結菜はさらに恥ずかしいイタズラをされてしまう恐れを感じて身を縮こませてしまう。イッたのにやっぱり許してもらえない。というより、ますます興奮してあくどい辱めやイタズラ行為をされてしまいそうなのだ。

結菜はショーツを手で摑んだり、腰を深く引いて前屈みになったりして抵抗した。だが、ショーツは強引に下ろされて、足先から抜き取られてしまった。

とうとう全裸に剝き上げられた結菜は、恥ずかしさで顔を赤らめ、小さな身体をはかなげにくねらせた。

秀樹が結菜の前でしゃがんだ。

「いつ見ても毛のないすべすべマ×コ割れ目ちゃんは白っぽい大陰唇だな」

「おお、愛液が今ちょっとじわーっと滲んで出てきた」

「土手から、割れ目が下まで続いちゃってる」

言ったことがわかる結菜は、股をしっかり閉じた。少女の一番隠しておきたい部分を見られて恥ずかしさから身をよじる。

しゃがんだ秀樹が結菜の顔の前まで手を挙げて、指を一本まっすぐ伸ばした。そんなふうにして脅かしておいて、その指を恥裂に伸ばしてきた。

結菜は腰が引けていくが、指の腹を上にしてすっと狭い股間に差し込まれた。

「やぁあン！」

指の感触を大陰唇に受けた。

「うほぉ」

嫌な声を聞かされた。

脚を閉じていても、隙間から割れ目の奥のほうまで見られている。

「ここから見るとね、ふふふ、小陰唇のぴらぴらしたのがちょっとはみ出して見えるよ。いやらしい眺めだ」

指を恥裂へと伸ばしてきた。

「いやぁぁ」

恥裂の間にニュッと指を入れられた。爪がちょっと痛くて一瞬歯を食いしばるが、上下にこちょこちょとくすぐるように、掻くようにいじられていく。

ピクン、ピク、ピクン。

恥ずかしい反応を起こしてしまい、にやけている秀樹の顔を見ることもできない。

秀樹はしゃがんだ位置から舌を出してべろっと舐めるような仕草をしたが、そこからは割れ目に舌は届かない。秀樹は指に唾をつけて、その指を結菜の鋭敏な感覚を持った性の部分に入れてきた。

「だめぇーっ！」

指が下方から小陰唇の間に入って、狼狽《ろうばい》して声を震わせ、小さな身体も刹那《せつな》震えた。恥裂の中で唾のついた指が曲げたり伸ばしたりされて、襞びらと幼穴でニチュッと小さな音を立てた。

指は奥まで入って割れ目のもっと向こうの会陰のところから、指先でグッと押さえる力を入れて前にズルッと強く掻き出された。

「アアアッ」

触り心地を楽しむためなのか、秀樹は故意にゆっくり恥裂を掻き出したので、結菜はおののきつつも腰が前に出て、そのあとすぐ引いていった。赤面して前屈《かが》みになっていく。

「まだまだ」

秀樹は平気でそう言って、再び大陰唇の間にしっかり指を食い込ませてきた。

「しないでっ……」

秀樹の手を上から押さえようとしたが、間髪入れずに恥丘まで掻き出された。正確に指先が割れ目の深い所に食い込んで、膣口、おしっこの穴、肉芽の順に、ズリリッとまたしても掻き上げられた。

「あぁああぁあっ、やぁぁぁーん、やだぁぁ！」

結菜は少女の初々《ういうい》しい性器に強い刺激を受けた。

（あぁぁ、大人の人が、指で女の子の一番隠したい守りたいところを触るなんて……。そんなこと、絶対にしてはいけないはず。なのに、今、ア、アソコを直《じか》に……触られたぁ！）

結菜は急に襲ってきた膣からクリトリスまでの性器への刺激で狼狽し、身体がガクガクと揺れた。

特に膣口は自分でもほとんど触ったことがない。お尻の穴のすぐ近くに何かがあるという、羞恥しながら感じる箇所で、いつか性教育のようなかたちで知りたい対象だった。

クリトリスは、陰核という名称で知っていて、学校のお友だちの間では、感じるところなどと漠然と言われていた。

「全然血がつながっていないのに、養ってあげてるんだから、これくらいのことは我慢するんだ」

「あぁう」

そんな理屈ってあるだろうか。間違ってると思うが、口に出して言えなかった。

秀樹の指先は恥裂の間に入ってきた。指が割れ目を一往復二往復するうち、ぐちゅっと二枚の幼い花びらの間にまで入り込んだ。

「ああーっ、だ、だめぇぇーっ」

爪がぐりっと、その襞びらとさらに奥の敏感な膣肉をえぐっていった。

「はうぅっ」

幼粘膜が切ないようなたまらない快感に見舞われた。

「むふ、来たのか？　ピクンと……」

嫌な聞き方をされた。

結菜の華奢で柔らかい身体から発せられる性のオーラが義父のペニスを漲《みなぎ》らせている。

結菜は腰を深く引いたままだが、秀樹の片手は腰に回されている。可愛い桃尻はしっかりと抱えられていた。

身体を抱き寄せられて、結菜は逃がさないようにする意志を強く感じた。

邪な指が中指に代わって、何をする気だろうと戦々恐々としていると、その中指の長さを利用してなのか、さらに奥へとお尻の穴あたりまで指先を立てられた。また同様に前へズルッと掻き出された。

「いやっ、いやぁーっ！」

たまらず声が大きくなって泣き声まで交じり、悪寒が走ったように腰を震わせて、顎が上がりながら顔は横を向いた。

「お、おぉ……」

秀樹もさすがに気が引けたのか、結菜の股間から手を抜いた。

結菜は羞恥と嫌悪で顔を赤らめ、唇を噛みしめて秀樹の腹のあたりを両手で力を入れて押した。

勇気がいる行為だったが、少女の敏感部分を指先で蹂躙された結菜は、それ以上のイタズラは耐えられなかった。

「さあ、今度は自分の指で触ってごらん」

言われて、顔から血の気が引いてくる。まだ許してもらえない。秀樹の執拗さに悩まされつづける。

仕方なく指を恥裂にそっと当てた。

「こうやって……」

手を持たれて上下に動かされ、指の腹がクリトリスにこすれた。

「あぁあン」

慌てて指を引っ込めた。

秀樹はそれ以上強要しなかったが、結菜は赤面した顔を見られて「ぐふふふ」と、いやらしく笑われた。常にそんないじめるようなどす黒い笑いで煽られているが、もう笑わないでと言いたい気持ちになる。だが、かえってそれが心の悶えとなっていく。

「あぁ、わたし、し、下着を穿くわ！」

結菜は意を決してそう言った。秀樹にはほとんど表情を変えずに、ただじっと裸の下半身を視野に収められている。陰湿な鈍い光を放つ眼がひたすら恐い。

それでもタンスから白いコットンのジュニアショーツを出して、秀樹に見られて狼狽えながらも脚に通して穿いた。

「さて、結菜ちゃん、汗掻いただろうからお風呂に入りなさい。パンツ脱いで」

急に言われて、結菜は面食らってしまった。いきなり何？　と、ちょっと顔が青ざめて、首を振る。今ショーツを穿いたばかりなのにまたすぐ脱いで風呂に入れと言う。前にバスルームで全裸にされてさまざまにいじられた。そんなことを秀樹のことだからまたやりかねない。

この前はバスルームでのパンティの上からの愛撫と、寝室での幼膣への指の挿入で終わっていた。今度はさらに口にできないような恥ずかしいイタズラをされるのではないか。結菜は不安になってくる。

結局、結菜は嫌々ながらバスルームに連れていかれた。

「湯舟はいっぱいにしてある。見ないから、パンツ脱いで入りな」

言われて、結菜は不審なものを感じた。もとから風呂を沸かして準備してあったらしく、卑猥なことを計画しているのだろう。裸で中に入ったら最後身体を洗うのにかこつけて、さまざまなイタズラ行為をしてくるに違いない。

だが、もう流れで入らないわけにいかない気がしている。秀樹はバスルームには入らずに外にいる。結菜は仕方なくショーツを脱いで、いつも置いてある大きな籠《かご》に入れた。

結菜がバスルームで服を脱いでいると、秀樹が中に入ってきた。見ないというのはショーツを脱ぐところだけという意味だった。

結菜は羞恥で顔を紅潮させながら、両手で胸と下腹を隠して洗い場に入った。

バスルームは数年前にリフォームしたとかで、光沢が美しいホーローの浴槽は高級な感じがして、その曲線に従って手で撫でると滑らかだった。触った感じも高級感があって、そんなところもお金持ちなんだとふと思うことがあった。

バスタブに並々と湯の水面が張ってきらきら光っている。秀樹に脱衣場から見られながら、かけ湯をして中に入った。

湯舟に入るとき、一瞬脚を開いてバスタブを跨《また》いだので、秀樹に股間を視野に収められてしまった。

「おぉ、パパも入っちゃおう」

「えっ、やだぁ、入らなくていいわ」

秀樹が興奮しながら服を脱ぎ捨て、前を隠しもせずに洗い場に入ってきた。

男のものをぶらぶらさせながら、バスタブのほうへ迫ってくる。結菜は「いやっ」と言って、眼を背けた。

秀樹が湯舟につかるジャバ、ジャバという音がして、湯の中で正面から向かい合った。浴槽は大人二人は窮屈すぎるくらいだが、子供とならゆったり入れる広さがあった。

「結菜ちゃん、風呂でオナニーしてるだろ？」

「えっ」

いきなり聞かれてドギマギした。秀樹の視線は股間に注がれているようで、結菜は脚をしっかり閉じて座っている。

「女の子はたいていシャワー当ててたりして、感じちゃってる」

決めつけるように言われて、結菜は首をプルプルと振った。が、その実一度だけだが、シャワーの湯を恥裂に勢いよく当ててのけ反ったことがあった。

「女の子のオナニーは手を後ろに回して、膣のほうを触るだろ。前のほうからはクリちゃんだね」

「えっ、何？　い、いやぁ……」

わかるけれど、応えたくもない。しばらく湯舟に浸かって上がると、もう真っ裸を間近から見られて、赤面させられた。

いわゆる体育座りになって、脚をピタリと閉じ、両手を脛と脛の隙間に置いて、裸の股間を秀樹の視線から守っている。

それでも秀樹にはお尻のほうを首を伸ばして見られて、それにちょっと気を取られていると、太腿の横から脚の付け根の奥まったところへ手を入れられた。

「だめぇっ」

「ふふふ、自分でやってるオナニー、今やってごらん」

手を摑まれて嫌がると、グイと引っ張られ、身体が秀樹のほうに傾くと、そのまま四つん這いにさせられた。

今、結菜が言われたとおりに、片手を股間ではなく、お尻のほうに伸ばすように引っ張られ、ようやく届く状態で割れ目を手で触らされた。

結菜は手を割れ目に押し当てられて、身をくねらせて嫌がるが、「こうだよ」と言われて、指を襞びらが少しはみ出しているところに当てさせられた。

「おぉ、いいポーズだなぁ」

さっきさんざん恥部をいじられ感じさせられたのに比べたら、さほどのことはないけれど、オナニーポーズだと思うと、実際は結菜がするときの格好ではないが、大きな恥辱を感じさせられた。

「パパが身体を洗ってあげる」

秀樹が思い立つように言うと、結菜ははっと息を呑み、顔も強張《こわば》った。もちろんいやらしいことが目的だとわかる。

「いやぁン、自分でするぅ」

肩や胸あたりを少し触られて、隅にあった小さな風呂椅子を持ってきて座らされた。秀樹はスポンジを持って、今度は横にしゃがんで座った。

秀樹のビンと立ったおチ×ポを、ちらっと横目で見てしまった。

「いやぁ……」

小さく声を漏らした。お湯に浸かりはしたが、まだあまり身体が温まっていない。

なのに羞恥と緊張でもう顔が火照ってきている。

横にいる大人の男の大きなそれを思っただけで恐くなる。まさか入れるなんてことはと、想像しただけでぞっとした。

乳房、股間までスポンジで洗われて、泡だらけにされた。

身体についたシャボンがうっすら流れていく。見られて恥ずかしいので、もう一つあったスポンジで濃い泡をつくって乳房や股間をその泡で隠した。

「お尻が丸見えになってる」

「いやぁぁ」

自分でお尻にもスポンジの泡をつけようとした。

「あはは、そんなことしたって見えちゃう。ほらほら、このお尻の割れ目、ヌルヌルして感じるだろ」

大きな手で泡のついたお尻をヌルリ、ヌルリと撫でられていく。

「いやぁ、触らないで、しないで。自分で洗うからぁ」

「シャワーで全部流してやる。全裸で丸見えでオマ×コまで丸出しだ」

「だめぇ、もう出ていって。自分でシャワーかけます」

「ここに、シャワー当ててやるからな」

当ててやるといったところは股間だった。「ビラビラしてる」と言われながら、大陰唇と内側の花びらの襞襞を泡だらけにして手でいじられた。

「こうやって洗うと、感じるか？　ふっふっふ、こないだ、ママが、結菜ちゃんのお母さんが、口でパクッと咥えたよ。このお風呂の中で……。何咥えたと思う？」

訊《き》かれても結菜はわからないので、黙って首を振った。

「おチ×ポだよ。ビンビンに勃ったのを、ズボッとね。これだよ、これ」

秀樹は勃起した肉棒を結菜の横で、手でしごいて見せた。

「いやぁ、見たくないっ……」

「ママは咥えたんだ、ビンビンのを。そして、ドビュッとお口の中に出したよ」

「うあぁ、言うのいやぁぁ。聞きたくないっ」

母親の行為を教えられて、乙女心を汚されそうになる。母親の性的なことは絶対言われたくない。娘が傷つくということがわかっていて、秀樹はわざと言う。そんな醜い猥褻な男が血がつながらないとはいえ、自分の父親だなんて絶望的になる。

「女の子の大事なところ、パパがちゃんと洗ってあげようね」

結菜はスポンジで股間をゆっくり撫でられていく。

「そ、そこはいいの」

「いやいや、ここが大切」

肉芽にスポンジがこすれていくと、電気が走ったように快感が生じて、ピクピクと華奢な腰に引き攣《つ》れが起こる。スポンジだけでなく、直接手で濃い泡を恥裂に塗られてじっくり撫で回された。

「あぁン、あぁぁぁーう」

　少女の秘部が感じてしまい、花びらも開いた。膣粘膜を泡が覆い、指が何本もその上を躍るので、快感でブルッと首を振る。

「こんなに石鹼でヌルヌルになるとね、指がズルッと入っていくし、チ×ポだってズボッとあっという間に入っちゃう」

「いやっ、もうスケベなことばっかり言わないでぇ」

　結菜は言葉による性的ないじめに強く拒否反応を起こした。そしておチ×ポを入れるようなことを言われ、一瞬恐怖した。

　まだ股間では秀樹の指が悪さをやめない。

「ここでじゃれ合って、身体くっつけ合っているうちに入れようと思っていなくても、身体がヌルヌルしてるからズルッと入っていくよ」

　また同じように挿入を予感させられて、結菜は両手を脚の間に入れた。秀樹の指から少女そのものを守ろうとする。

「だめぇ、しないでっ。もう出ていってぇ」

「パパは結菜ちゃんとずっとお風呂で裸の付き合いさ。はっはっは」

結菜の拒否反応は秀樹に無視されて、執拗に指が割れ目に滑り込まされていく。

「結菜ちゃんだって、楽しんでるじゃないか、愛液も出てるんだろう。泡で見えないけれど触った感じではヌルヌルがわかるぞ」

「いやっ、いやぁっ」

それは当たっているかもしれない。自分自身も割れ目内部の奥まったところに不安を感じている。

「もっと脚を開いて」

風呂椅子にやや脚を開いて座っている結菜は、膝を掴まれてさらに左右に大きく開脚させられた。

「いやぁン、もう開くのは……」

鼻にかかる泣き声交じりの声を奏でた。開脚によって、恥裂も口を開けてしまったのが、結菜自身にもわかる。

そこは濃い泡に覆われているが、手でヌルヌルッと撫でられて、指先が花びらと感じる突起を繰り返しかすめていく。

ピクッ、ピクン……と、身体に鋭い反応が起こった。

「むふ、ふふふふ」

秀樹の笑い声が聞こえる。眼をつぶって耐えているが、ニュルッとかなり強く会陰から膣の肉溝、肉芽まで撫で上げられた。

「はぁうっ、も、もう、それしたら、だめぇぇ！」

ほとんど泣き声になって、羞恥と快感から感情がほとばしり出た。

襲ってくるたまらない快感を忍耐して息を止め、ぐっとこらえる。

「あはぁぁ、ああっ、くうーっ！」

大きな喘ぎ声になって、頭が下がり、しかめっ面になって「はふ、はうぅ」と息が荒くなる。

「スケベな汁が出てる。ここだ、この穴だ」

「そ、そこっ、だめぇぇぇ」

結菜は少女にとって最も危険な「穴」への指の挿入を鋭敏に察知した。

「ほーら、小指ぐらい簡単に入る」

まず小指を膣に入れてきた。

「入れないでっ」

「ズブッとね……人差し指も入るかな？　ほらっ」

「あうわぁぁ、は、入るぅ——」

どんどんエスカレートする。結菜はたまらずその邪悪な手を掴むが、泡でヌルッと滑ってしまう。腰をひねって「穴」をスケベな指先からずらしても、まだ追いかけてくる。

「ほーら、チ×ポに石鹸がついてるから滑らせて、ぐふっ、バックからハメハメしてあげたいね」

恥裂に今度は指一本だけ入れられて、またゆっくりと何かを掬《すく》い上げるようにオマ×コから尻溝へとなぞり上げられた。

「あぁーはっ、あうぅっ」

さらに強いゾクゾクッと痙攣する快感にやられて、また上体が跳ね起きた。

「チ×ポが立つなぁ」

妙にしみじみ言う声が耳に入って狂おしくなる。秀樹の好色な指は何度も前後の二穴、肉芽を撫でて嬲ってきた。

結菜は手を取られて、秀樹の勃起のほうに引っ張られた。

「いやっ――」

手を引っ込めようとするが、「だめだ」と戻され、おチ×ポを握らされようとした。

それを拒んで、握りこぶしをつくっていると、

「ほら、おチ×ポ持って」

こぶしを立った肉棒に押し当てられた。

握った手の指を摑んで伸ばされてしまい、仕方なくそっと握った。

「そうそう、ギューッと摑んで、ゆっくり動かしてぇ……」

結菜は言われるまま、肉棒のピクンと脈打つ動きを手で感じながら、秀樹の勃起を軽くしごいた。

「むぉ、手の小さい感じが……い、いいねえ」

勃起したおチ×ポを握りながら、卑猥な言葉を聞かされた。

秀樹は今度は結菜の背後にしゃがんだ。いったん股間から手が離れたが、背後からはさらに不安を感じた。

両手を前に回してきて、乳房をゆっくり指三本でつまむようにして摑まれた。

「あぁう、胸もやめてぇ……あぅ、はぁうっ……」

喘ぎ声になってくる。羞恥に満ちた状況であることも相俟《あいま》って、結菜の心に魔の手

を伸ばしてくるような恥ずかしい卑猥な行為で感じさせられていく。

秀樹の手が泡で小ぶりの乳房の上をヌルヌル滑ってしまうが、じっくり揉まれ、乳首の突起も愛撫された。同時に後ろから亀頭がグニュッとお尻に当たってくる。

「むおあっ」

どす黒いような声が耳に入った。

と、乳首をいじっていた手が再び下りてきて、脚の間にヌルッと入ってきた。指がすぐ恥裂に達して、小陰唇の間に指を二本も入れられた。

「だめぇっ！」

結菜は狼狽えて思わず立ち上がった。

「こらっ」

秀樹が怒るが、それでも壁の前まで逃げていって、後ろのいやらしい義父を悲しいような眼で睨んだ。

結菜は壁の大きなミラーにベタッと片手をついて、もう一方の手は壁に掛けられているシャワーのノズルを摑んでいた。

秀樹にそのままの格好で腰を摑まれて、後ろに尻を突き出すようにさせられた。

秀樹が結菜の背後でしゃがんだ。

結菜は勢い不安になる。その状態だと、秀樹の眼の前にお尻があって、割れ目も丸見えになってしまう。

「むふふふ」

嫌な笑いが聞こえてくる。割れ目を指でクワッと拡げられ、幼肉が露になった。剝き出しの恥裂はもう大陰唇が大きく開いて、小陰唇も露出している。二枚の襞びらを指で分けられ、膣肉とその襞をぐちゃぐちゃに捏ねられていく。

「あひぃぃ、あぅ、はぁうーっ」

羞恥と快感の恥ずかしい声を漏らした。

義父の眼の前に、性器の濃いピンクの粘膜肉が隠すこともできずに露出している。

「ほーらぁ」

「いやぁン、あぁン、あぁうぁぁぁ」

大きな声で言われて、結菜は恥ずかしさと抵抗できなくなっているみじめさで嗚咽《おえつ》するように悶えた。

秀樹が壁のフックに掛けられていたシャワーノズルを取って、ザーッと湯を出した。

結菜はシャワーの放射を見て、何をするつもりだろうと不安な眼差しになったが、すぐバスタブに両手をつかされ、お尻を後方に突き出す恥辱のポーズを取らされた。

「股も開いていろ。バックでも、股開いてるほうがやりやすい。ほらっ、脚閉じようとした。だめじゃないか」

お尻をバシリと叩かれた。

「痛ぁーい」

思わず声をあげた。でも、何か甘えるような声の響きになった気がして恥ずかしかった。言われるままやや脚を開いて立った。お尻は秀樹のほうへ突き出している。

「そうだ、踏ん張ってろよ。身体が前のほうに行かないように、手をバスタブにしっかりついて、身体を固定してるんだ」

「あぁう」

もう秀樹が望むまま恥辱のポーズを取って、イタズラされるのを待っている。そんな自分が恥ずかしい。でも羞恥と快感で悶えてしまう。

「お尻、お股の位置を固定してぇ。むふふふ」

秀樹は余裕を見せて、さらにスケベで陰険になっている。それをどうすることもできない。

幼膣と肉芽はすでに性感が昂《たかぶ》って、粘膜は赤く充血していた。

敏感化して腫れた膣口と飛び出した肉芽に、熱いシャワーの湯が浴びせられた。

「ひいぃいぃっ！　そ、そこ、だめぇぇーっ」

急に襲った快感で、尻が天井を向くほどぐんと上がった。

太腿やお尻や背筋に力が入って、ガクガクと華奢《きやしや》な腰が痙攣して、甘い蜜汁が膣内に分泌した。

（か、感じるぅ！）

ブルブルッと首を振りたくる。

強い快感が特に肉芽を襲い、膣穴もギュッと収縮して、またポカァと開口する。シャワーの湯の放射は、結菜の反応を見ながら、微妙な距離を測られて、適度な強さにしてオマ×コに当てられていく。

結菜はやがて快感が積み重なって、身体全体をくねり悶えさせた。

「ひぐぐ……イグ……あぁあああっ、イ、イク、イクゥーッ！」

可愛くもかん高いイキ声が湯気の立ったバスルームにこだました。

結菜は自分のエロ声を自分の耳で聞くことになった。

結菜はこれ以上恥ずかしいことは許してほしいと、秋波《しゆうは》を送るような眼をして後ろの義父を振り返った。

本当はもう気が挫《くじ》けてしまいそうになっている。少女の恥辱を楽しむ視線を痛いほど感じて、ずっと悲愴な表情が顔に貼りついている。

秀樹のほうを向かされバスタブに座らされた。

「股関節、柔らかいだろう」

と、大股開きを強要された。

「いやぁぁ、もう机の上でいっぱい開いたわ」

机の上での羞恥に満ちた開脚を思い出す。再び今度はバスタブの上でやらされる。

しかも真っ裸で。結菜は涙が出てきそうになる。

バスタブに座って命じられるまま百八十度の開脚を披露した。

「よーく見えるぞぉ。ビラッと襞が開いて……むふふ、襞どころか、穴が完全に露になって、中まで見えてる」

「あぁうっ……み、見られたくない」

結菜は羞恥心を惨く煽られて、バスタブの上で身悶えた。

「乳首もツンとなっちゃって」

言われるとおり感じてきて、乳首も立っていた。すると、突起した乳首をつままれて少しねじられ、爪でコリコリとからかうように搔かれてピクピク感じさせられた。

そして、指は膣穴へ侵入してきた。

「あンあぁあぁーっ！」

大股開きでオマ×コが丸見えなら、どうしたってその幼穴はイタズラされるしかない。ヌニュル、グニュルと内部で指を曲げながら出し入れされた。

まだほんの少女だというのに、卑猥な開脚ポーズで秘密の穴をほじくられ涙する。恥辱感が深いが快感もあって、極端な開脚は子宮の位置が前進してくるような悶えも感じた。

挿入された秀樹の指を幼膣の肉壁でクイクイ締めつけてしまうと、秀樹に「むほほほ」と、顔を見て笑いで反応された。

結菜は「いやっ」と鋭く顔を背けた。狼狽える結菜は悦に入る秀樹が本当に嫌いになる。

長い時間温かい湯舟に浸かることなく寒さで鳥肌立っていたが、羞恥と屈辱と快感が一体になったようなおののきの中で、その寒さも一時忘れていた。

とは言え、身体はかなり冷えていて、それは好色な秀樹とて同じように見えた。

「おトイレに行きたいの」

結菜が訴えると、

「ここですればいい」

こともなげにそう言われた。

「いやーん」

結菜はバスタブから下りて、ちょっと恨めしそうに秀樹を見てバスルームから出ようとした。

「だめだ、ここでするんだ。ピューッとやれ」

結菜は腕を摑まれて、トイレに行かせてもらえなかった。

「やだぁ、恥ずかしい。見られたくないっ」

「見たいんだ、結菜ちゃんがおしっこするところ。あそこから、おしっこがジョジョジョーッと出るところ」

「うあぁ、ああ、だめぇ……」

結菜は無理やり椅子に座らされて、脚を拡げさせられた。

「もうちょっと開いて」

閉じようとすると、手で膝を押されて開脚を促された。結菜は尿意が高まってくるが、膝小僧を摑まれて脚を閉じさせてもらえない。そのまま放尿せざるをえない結菜は、顔を背けて忍耐した。

だが、やがて、我慢の限界が訪れた。

「あぁ、ぜ、絶対笑わないでぇ」

「足をグッグッと拡げてここでおしっこすればいいから」

「あ、あっ、だ、だめぇぇ」

ジョジョョジョ、シャーッ……。

襞びらを打って音を立てる放尿が始まった。

「ほーら、おしっこが……」

「やーん、見ないでぇ」

ジャーッと音を立ってて、勢いよく出てしまう。笑われることはなかったが、生まれて初めておしっこをする姿を目の前で見られて、じっくりと楽しまれてしまった。

恥辱で涙ぐむしかない結菜だった。

「も、もうだめぇ……」

結菜はしみじみとそう言った。

「何がだめなんだ?」

「も、もう、女の子として、だめになっちゃう」

「何がだ……そんなことないさ。これからもっとよくなる」

何がよくなると言っているのか、もっと感じるという意味なのか。わからないが聞く気にもなれない。

「むふふ、たっぷりと見られて、感じさせられて、ズボッとやられて……」

「やだぁぁ、ズ、ズボッとか。だめぇぇ、しないでっ」

結菜は少女に珍しい細くて丸い綺麗な眉をきつく歪めて、叫んでいた。

放尿後、羞恥して脚をしっかり閉じていた。

その左右の膝を摑まれて、また強引に脚を開かされた。そして、結局辱《はずかし》める目的なのだろう、露になった恥裂を凝視するように見られた。

(あぁう、も、もう、この人から逃げられない……)

変態性欲の義父の悪辣な魔手から逃れることはできない。そんな観念に似た気持ちに傾いていく。

「さあ、もう一度」

「ええっ」

秀樹はシャワーノズルを手にしていた。

今、おしっこもさせられたのに、またシャワーの放射を股間に当てようとしている。

「そんなこと、だめぇぇーっ」

結菜はまだ快感の熱が残る敏感化した幼膣にシャワーの湯の魔の手が襲ってくると、

ほとんど金切り声に近い啼《な》き声を愛らしい小さな口から奏でた。

「五、六回はイッてもらうぞ。そのあとでパパの太くて硬いものズボッと入れてやる」

結菜は硬く漲《みなぎ》り立った肉棒を見せられた。シャワーの湯が幼膣、肉芽、後ろの皺穴に容赦なく浴びせられていく。

「い、いやぁぁ……あぁあああーん！」

無理やり発情させられた結菜の性感帯は、再び意地悪な湯の放射の餌食《えじき》になっていった。

あれからバスルームでは五回はイカされた。シャワーの湯を浴びせられたのは結菜の性的刺激に敏感な幼膣や肉芽だった。

湯の放射の強さや当てる距離を上手《じょうず》に計って繰り返しイカされ、わななかされた。

ただ勢いで言われたパパの「太くて硬いもの」を挿入されることはなかった。

イキまくったあと、結菜のオマ×コはその余韻で愛液、膣粘液がたっぷりと分泌し、ショーツの股間はじっとりとして三回も穿き替えるほどだった。

自分の部屋に戻る前にも、秀樹に身体を拭いてやると言われ、その口実で念入りに身体の性官能の部分を拭かれいじられた。そのたび結菜の百四十五センチの火照った身体は悩ましくくねり悶えた。

火照りが収まるのはパンティを穿いて、秀樹に冷たいジュースを与えられたあとのことだった。そのときも、ツンと尖っていた乳首を左右とも指で捏ねられて、深い溜め息をつくことになった。

この日の悩乱はもちろん母親には内緒で、心ならずもスケベな義父との秘められた「情事」となってしまった。

セックスに至らなかっただけまだましというような、恥辱と悩ましい快感と絶望のひとときを過ごした結菜は、もう涙を流すことはなかったが、愛液は涙より多量に溢れてしまった。


数日経過した。

結菜は毎日夜になるのが恐かった。

ベッドで布団をかぶって眼を閉じている。今日も何事もなかった。あとは眠りにつくだけ。

そう思ったとき、部屋のドアが開けられた。鍵などはついていない。秀樹はいつでも入ることができる。

「あぁ、も、もう……」

ベッドの前で結菜を見下ろす秀樹と眼を合わせて、力なく首を振る。

「パパといいことしよう」

「あぅ、今日はこのまま寝かせてぇ」

「パパ、結菜ちゃんのこと考えていると、我慢できなくなってきちゃった……」

「うあぁ」

あからさまに言われて、尻込みしてしまう。

掛け布団をはがされて、パジャマの身体を見下ろされた。もう目の前に立って舌なめずりしているので、ただ小さく首を振って眼をウルウルさせるばかりだ。

パジャマはあっという間に脱がされてしまった。

「ほーら、子供のパンティと思えない薄い生地だなぁ」

確かに言われるとおり、ジュニアショーツと言ってもナイロンのちょっとセクシーなショーツだった。もう子供用の女児ショーツは滅多に穿かなくなっている。

ベッドに上がってきた秀樹に、ショーツの上から恥裂をいじられていく。

「割れ目のところ透けて見えてるじゃないか。襞が左右に分かれてる」

「ああっ、触るのいやぁっ、したらいけないもん！」

「こうやって、ほら、こすられて……ねっ、感じちゃうだろ？」

なぜだろう。絶対嫌なのに、数回恥裂を指でこすられただけで、愛液がジュッと溢れてきた。

「やぁあン、も、もう、やだぁぁ！　触らないで、触らないでったら！」

結菜が大きな声を出すと、秀樹に口を手でふさがれた。

「こら、ママに聞こえちゃうじゃないか」

母親が寝ている寝室は大きな家なので、かなり離れたところにあるが、秀樹はやや慌てていた。

結菜が黙ると、いい子だというように頭を撫でられた。

「ふふ、おチ×ポを結菜ちゃんのここに……」

「えーっ、それは、だめぇぇ！」

ちょうど膣穴のところに、指をぐっと押し当てられた。

（入れられちゃう！）

結菜は眼差しが凍りつく。

「ブチュッ、ズボッと！」

「うわぁっ――お、おチ×ポを！　絶対だめぇぇ！」

もう一度指で膣穴の上から突いてくる。結菜は本気で声をあげた。

「大きな声出すな。まだやらないよ。でも、本当はやってほしいんじゃないのか？」

「いやっ、いやぁ、違うぅ」

まだやらない、今からセックスするわけではないと言っている。でも、それってい
つかやるということなのか……。

血のつながりのない父親に犯される！

結菜は不気味な予想をしてしまう。

「ハメハメしてほしければ、パンティ脱がしてって言ってごらん」

「うあぅっ……言うわけないっ」

また大きな声になる。そんなこと言えるはずがない。大人の勃起した大きなものを
アソコに入れられる。そんな恐いこと絶対に嫌だ。

結菜は涙目で首を振りたくった。

「むふふ、まだ無理か……むぅ、それなら」

「あぁっ」

とうとうショーツに手が掛かって、スルスルと足先まで下ろされてしまった。

「やーん、しないでっ……」

いじられ抜いていても、そこを露出させられるのは本当に恥ずかしい。太腿を重ねようとするが、内腿に指を食い込まされて、強引に開脚させられてしまった。でも、秀樹の言葉からすると、まだやらないらしい。安心はできないが。

「おっ、襞が突き出してきてる。少女なのにね」

「いやぁ、そんなことない」

恥裂は完全に秀樹の視野に収められている。もう秀樹の顔が股間のすぐそばにある。

「出てるよ、ほらこれ」

「ああっ」

伸ばした舌で、恥裂をベロンと大きく舐められた。

二枚分かれて飛び出した襞びらと、その上のほうに露出して覗けていた肉芽がヌラッと光った。もともと愛液の分泌で濡れ光っていたが、べろべろ舐められて、肉芽など突起しながら唾だらけになって、卑猥感が増している。

「おぉら」

いやらしく声を出して、眼を合わせて舌を伸ばし、ぐっと舌に力を入れて硬く尖らせてみせる。それが何を意味するか結菜はわかる気がする。あの一番感じる突起のところを舐めて感じさせる気なのだと。

そう思った刹那、尖って硬くなった舌先がクリトリスにチョンと当たった。感じてしまいそうで恐い。そして案の定、ペロペロと細かくすばやく舐められはじめた。

「やぁぁーん、そ、そこぉ、だめぇ！」

包皮を含め、肉芽が転がされて蠢き、開いた花びらの小陰唇も口で咥えられて伸ばされた。

「うあぁ、そんなことぉ」

結菜は快感と心理的な刺激が強く、下腹に力が入って激しく上下した。

秀樹の舌が恥裂全体にベタッと密着して這わされ、ベロン、ベロンといくらでも繰り返し舐めてくる。

結菜の性器は快感で充血しきっているが、特に肉芽がピクピクと耐えられない快感に襲われていた。突起してつらくなっている。

オマ×コの深いところまで、ジンッと快感の痺れが進行してきて、幼穴が強く収縮し、そしてまた開き、愛液がジュクジュク溢れて出てきてしまう。

「も、もう、やーん。これ以上は、い、いやぁぁ」

「ぐふふ、これ以上何だ？　これ以上感じて、最後はイクのか？」

「あうぁぁ、いやぁぁ、口でするの、だめぇぇ」

「舌で舐められたら弱いのか。そりゃそうだろうな」

指で左右に襞びらを大きく拡げられた。

「いやぁぁーっ」

啼き声をあげる。膣もクリトリスも剝き出しにさせられて、ピンクの穴から肉芽まで、何往復も舌先で舐め上げられていく。穴内部にも舌がズニュッと深く入れられた。

「はぁうっ、やめてぇ、い、入れるの……い、いやぁぁぁ」

「お、おぉ……」

秀樹の声が自分のオマ×コのほうから聞こえて、膣穴で舌が出し入れされていく。

「むおぉぉ」

秀樹は興奮しているようで、左右の親指を使って膣口を嫌というほど開いておいて、膣口の周囲に舌を這わせてくる。ぐるぐる舌先で円を描いて舐めまくられた。

「はぁうぅ、くはぁうぅぅぅーっ！」

もうイク、イカされるっと、おののきと快感の声を披露する。×学校の高学年で、まだほんの少女にすぎない結菜だが、たまに陰核オナニーをしてイクという経験をしていることもあって、絶頂が迫っていることを悟った。

中指の腹で膣口を円を描いて撫でられ、同時にとどめを刺そうとして陰核を舌先でチロチロ執拗に舐め転がされていく。

「ひぐぅぅっ」

イキたくないと顔をしかめる。眉間に子供らしくないつらい皺が寄った。心で拒否しても身体が言うことを聞かない。ギュッ、ギュッと膣が締った。お尻の穴までキューーッと収縮して、二穴が硬くなり、痙攣した。

「はぁあああうーっ、だめぇっ、イクぅ、あぁあン、あンうぐぅぅぅっ！」

恥ずかしい声を奏でて、華奢な身体をよじり、ビクンと背後にのけ反った。快感が腰肉に染み込んで、下半身が浮き上がる感覚にとらわれている。

イクぅ……と口走りそうになる。

そのとき、膣口をいじっていた長い中指が、ズニュニュと膣に侵入してきた。

「おへぇぇぇ」

秀樹は舌を伸ばして声を出すので変な声になる。舌先で徹底してクリトリスを舐め転がす。

「うンあーうぅっ、イ、イ、イクゥゥッ！」

脚が蹴る動作になった。全身をブルブルッと強く震わせる。

中指がグイッと曲げられて、結菜の膣壁を圧迫刺激した。

「イク、ヒグ、あぁぁあうぅう、イクゥウーッ、イックゥーッ！」

後頭部でベッドを押して身体を支え、背中は弓なりに反ってブリッジ状態である。

「あンはうーっ」

ガクンと背中がベッドに落ちた。

「あぁぁぁぁ、あうぅ、はうぅぅぅ……」

口をパクパクと金魚のように開閉させせて、全身が沈降する。

ゴクッと喉を鳴らした。

イカされたばかりで、全身が痺れて動けない。

「イッたね……ふふふ、すごいんだねぇ。大人と変わらない、いや、結菜ちゃんの×学生のイキまくりのほうが見ていてずっと興奮するよ」

「うあぁ、い、いやぁぁ……」

性的に発育途上にあった結菜は、幼い陰核を舐めまくられ、膣もいじり抜かれてイカされた。まだ快感が下半身をジワリと満たしている。絶頂の余韻を味わって、顔を火照らせている結菜だが、ふと我に返って脚を閉じようとした。

左右の脚をよじり合わせるが、秀樹に脚を掴まれ、内腿を開かされた。

「むふふ、愛液でグショグショだ」

「だめぇっ」

結菜は赤面して、身体をくの字に折った。

「パパのおチ×ポが、ほら、こんなに」

ビンと立った肉棒を見せられて、結菜は「いやっ」と、鋭く顔を背けた。

充血した結菜のオマ×コはまだヒクヒクと蠢いている。

膣口と後ろの皺穴が窄まっていく。

二穴がぐちゅっと隠微な音を立てて、少女の嘆きを表すような熱い粘液を垂れ漏らしていった。

第三章　義兄による処女膜破り

あれから半月は経っていた。その後も、秀樹は何度も部屋に入ってきた。服の上から触られたり、スカートを捲られて股間に手を入れられたが、それ以上は強く拒んだ。

だが、軽くではあっても、イタズラされていることに変わりはなかった。血のつながりのない父親からの性被害に遭って、誰も助けてくれない。事実は闇に葬られていく。結菜は暗い予想しか頭に浮かばなかった。

母親がまったく頼りにならない状況で、相変わらず秀樹は部屋に入ってくるし、隼も以前からだがときどき部屋に来て話していくようになった。

今日も学校から帰ってくると、しばらく経って隼も予備校から帰ってきて、勉強を見てやるとか言われた。そんな口実で近づいてきた。結菜は隼を疎《うと》ましく感じたし、疑ってもいる。

机に向かっていると、そばに血のつながりのない兄がいて見下ろしてくる。緊張しているのを誤魔化そうとして、教科書やノートをぺらぺらめくったりした。今家には二人しかいない。

隼とはいっしょに暮らすようになって三カ月になる。秀樹よりかなりましなので、宿題を教えるふりをしながら太腿に手を這わせてきたりもしたが、兄と妹の感情はわずかにだが芽生えてきていた。

隼が急に腰を屈《かが》めて、横から顔を近づけてきた。

じっと見つめられて、結菜は身体に触られると思った。

「パパにエッチなことされてるだろ？」

訊《き》かれて、ドキリとさせられた。父親のイタズラのことを言ってきた。隼が知っていたのかと思うと驚きだったが、一つ屋根の下で暮らしているわけだから当然かもしれない。

隼はいっしょに暮らすようになってから、何かというと結菜が喜ぶようなことをしようとした。すぐ褒めてくるようなことをする。仲よくなろうと無理をしているようにも感じた。

でも、ときどきだが、結菜の身体を舐めるように見ることがあった。目鼻立ちが整って、イケメンの部類に入るタイプだが、ときにはお尻を撫でられたりした。

「僕が言ってやる。息子から言われたら聞くと思うよ」

「は、はい」

隼も部屋に勝手に入ってくるし、身体に触られたりすることもあったから、彼の言うことには半信半疑だが、今は義理の兄に期待するしかなかった。

「美少女っていうと、これまで中学生か高校生くらいしか思い浮かばなかったけれど、今は違うよ。だんぜん×学生だね」

言われて、チラッと隼の顔を見てしまう。どういう意味だろう。美少女という言葉は世間でも頻繁に使われているかもしれないが、直接聞かされると勘ぐってしまう。

「というか、結菜ちゃんだけ」

そう言われても、ちっとも嬉しくない。かえって恐くなる。立つ位置が近すぎる。

「ランドセルを背負った姿がいいんだよなあ。もっと髪伸ばしてもいいんじゃない」

「え？」

言われてもピンと来ないので、わからないというように首をちょっとひねる。少しでも身体や見かけのことを言われると嫌だった。

「意外にスラッとした身体してる。ウェストがくびれてるよ」

隼がちょっと手を伸ばしてきた。

結菜が嫌がって椅子の上で身体を傾けると、すぐ手は止めたが、じっと身体つきを観察するように見られた。もうそれだけで、義父に卑猥なイタズラをされている今の結菜は危険なものを感じてしまう。

隼に秀樹と同じようなことを言われて、大人の男は自分みたいな齢《とし》の子にそう感じるものなのかと思った。

学校の教師や他のまったく知らない大人も、ときどきジトッとした眼で顔を見て、身体もジロジロ見てくることがあったから、結菜は大人の男全般に警戒心を抱きやすかった。

「ブラジャーしてもいいと思うよ」

隼は妙に声を潜めて言ってきた。結菜はまだブラジャーを着ける予定はなかった。でも下着のことなんか言われたくない。

「オッパイはまだ小さいけれど……」

着ているTシャツに表れた乳房の形を興味深そうに見ようとする。そんな男の視線はこれまで何度も経験している。顔を近づけて見るので、結菜は恥じらって手で隠した。

「小さくても、それに合うブラジャーはあるはずだよ」

「いいの」

結菜が嫌がっているのがわかったのか、顔はすっと離れた。だが、まだしつこく言ってくる。

もう下着のことや胸のことなんて言われたくない。隼は父親の秀樹より細かく言ってくるような気がした。そんな血のつながらない兄によるエッチな会話には、義父の秀樹とまったく同じで、羞恥と嫌悪しか感じない。

「まあ、今の時点でブラジャーしてもいいと思う。確かにポコッと膨らんできたばかりみたいだけど、でも、もうしてもいい大きさに見えるよ」

結菜は黙って首を振った。やや強く振って、そんなことは言われたくないという意思を伝えようとした。

「まあ、もうじきするようになると思うよ。そうしたらオッパイを意識するようになる」

「しないから、いいの」

結菜はその話題は話すつもりがないとわからせたかった。まったく無表情の早口でている。「ブラジャーを外すときのセクシーさは抜群だろうね。着けたり外したり。それ見せてもらたいな」

※

「いやっ、見せないわ」

だんだんいやらしさが増してきた。結菜も少し強い口調になる。

「このウェストからお尻にかけての身体の線が……うーむ、もう大人じゃないか。ゾクッとする美少女のカ、ラ、ダ……自分でわかってる？　一時間でも、二時間でも撫で回していたくなる身体だよ」

「あぁ、エッチなこと言わないで。触るの痴漢だと思う……」

ややきつい言い方をしてみた。だが、隼には馬耳東風《ばじとうふう》のようだ。平気な顔をしている。

「ブラをしてないから、パパが興奮して……ははは」

面白がって言ってくる隼に腹立たしさを感じるが、今は悲しいかな、父親に言ってくれるというから、そんな「兄」を頼りにするしかない状態だった。

結菜がやや嫌悪感を顔に表したりしたからか、まもなく隼は部屋から出ていった。

その後しばらくして、確かに秀樹は部屋に来なくなった。ほかの場所でも身体に触られることがなくなった。隼が自分の父親を説得したおかげのようだった。

「もうパパは手を出してこないよ。僕がちゃんと言っておいたから」

隼が部屋にやってきて、結菜に告げて言った。

「あ、ありがとう……」

隼にお礼なんて言いたくなかったが、いちおう形だけの笑みで返した。

「ママに言うよとか言ってるんだけど、なかなか聞かない人だからね。まあ監視してるしかないかな。結菜ちゃんはぼくが守ってやらないと困るよね」

隼は何を言いたいのだろう。父親から守ってやるから、自分の言うことを聞けとでも言いたいのか。よくわからないまま黙っていると、服や下着のことをまたあれこれ言われた。それも黙って聞き流していると、タイミングを計っていたのか、椅子に座っている結菜に手を伸ばしてきた。

「うーん、なかなかいい腰つきをしているなぁ」

腰に触って、お尻にも指を這わされた。結菜が「やーん」と言って立ち上がると、両手で前から腰を摑まれた。

その手を上から押さえて横を向いたが、手のひらを脇腹にベタッとつけられて、ウエストから腰、お尻までの身体の線を確かめるように撫でられた。

「うわ、腰が柔軟に反ってくる」

「あぅ、やだぁ」

「パパもこの腰つきのこと言ってた……」

結菜はゾクッと悪寒《おかん》が走る。隼の手による愛撫で快感が生まれ、言われたように華奢《きゃしゃ》な腰に反応して、お尻を上げる格好で腰を反らせた。

下半身を横から見下ろされて、また手が腰からお尻へ降りてくる。

「触らないでっ、あの人と同じことしてるぅ」

秀樹に腰からお尻まで手で触られ、撫で回されている結菜だが、それに馴れて気にしないような芸当はできない。お尻をギュッと摑まれたりもして、それが悔しくて隼を嫌うが、秀樹のことで言わば弱みを握られているところもあって、自己嫌悪も感じている。

「パパにはかなりやられてたんだろ。僕にもちょっとだけさせてよ。ちょっとだけだから」

何か卑怯な言い方をして、まだ手を伸ばしてくる。

スカートのすそをパッと大きく捲られた。

「いやぁっ」

結菜は手で前を押さえようとしたが、スカートは大きく捲られたままになった。露《あらわ》になったのは、ふだんあまり穿かないボックスショーツだった。

「ショートパンツみたい。でも小さくて、けっこうエッチなパンツだな。ワレメちゃんの形がよく出てる」

割れ目という言葉を言われると、警戒心が急に強くなる。スカートを捲られながらも、腰をぐっと引いて抵抗する。

だが、隼は手を恥丘から股間へと滑り込ませてきた。

「い、いやぁぁ！」

そこまでされると、結菜は大きな声をあげて、両脚を強く閉じる。

「おぉ、ギュッと挟んできたね」

結菜は反射的に内腿で隼の手を挟んだ。

隼は手を挟まれながら、ボックスショーツのやや広いクロッチにできた縦スジに指を食い込ませてきた。

「いやぁ、あ、あぁン！　だめぇぇ、あの人と同じだわ。あなたのパパと」

我慢の限界が来て、声をあげた。

「いいから。ちょっとだけだ、パパにだけやらせてずるいじゃないか」

「うあぁ、な、何言ってるのぉ」

手で思わず股間を守るように覆った。

「うーん、×年生の少女のお尻は、くりくりしてコンパクトでいいねえ」

隼はお尻をすっと撫でていく。胸にも手を伸ばしてきた。

「ノーブラなんてかえって興奮するよね」

そう言われると、ブラジャーをしていない当たり前のことが恥ずかしくて気になってくる。

「ほら、ちょっと茶色っぽい色が……乳首が透けてるね」

ツンと尖った形が透けている乳首を指で差されていたが、そのままチョン、チョンと突かれた。

「いやっ、触ったらいけないもん」

結菜は手で乳房を庇った。上半身を揺すって逃げるが、隼は「感じるんだろ」と、まだ指で触ろうとする。身体をよじって嫌がっても、Tシャツの上から乳首をつままれた。

「痛ぁい……」

ちょっと痛かった。ただ痛みより快感と羞恥で顔が紅潮してくる。

反応すればするほど隼は結菜のことが面白くなってくるようで、「ちょっとオッパイを触らせてね」と言って、小さなふくらみに悪さしてきた。

結菜は机のほうを向かされて、両手を机につけさせられた。丸っこい幼尻が背後の隼に突き出されるかたちになった。

後ろからスカートを捲られた。すそは折られて腰の上にのっている。

結菜は手を後ろに回して尻たぶを手のひらで隠した。その手も摑まれたため、何とかまっすぐ立とうとするが、「まだ」と言われてもう一度同じ格好にさせられた。

「少し見えるだけにしてればいいから」

その少しだけが曲者《くせもの》で、パンチラに変わりはない。すそはお尻の半分くらいしか隠せていなかった。

「ときどき触らせてよ。ちょっとだけだから……」

「いやよ。どうして触らせなきゃいけないのっ」

「ちょっとだけでいい。そしたらパパにはさせないようにする」

隼は交換条件を出してきた。唇を噛んで黙っていると、

「じゃあ、いいね」

勝手に決めて言ってくる。結菜は嫌がるが、もう大声をあげたり、必死に抵抗した

りするわけではないからか、隼にボックスショーツをスルスルと太腿まで下ろされていった。

滑らかな白肌のお尻が露になった。

「やーん、脱がしたら、だ、だめぇっ！」

慌てて脱がされたショーツを引っ張り上げようとするが、ショーツを摑まれて阻止《そし》され、披露されてしまった恥裂に鼻息荒くよこしまな指を伸ばしてきた。

人差し指と中指二本合わせてその腹の部分で、サササッと非常にすばやく摩擦されはじめた。

「あぁぁ、いやぁぁぁ、だめぇぇ、しないでっ」

強引に愛撫されて膣が潤み、肉芽が弾ける。特に肉芽を上手く激しく摩擦されていくので、快感が急上昇してしまった。

快感からショーツを引っ張り上げようとする力が抜けていき、手がショーツから離れてしまった。

「唾をつけてと……」

声が聞こえて不安になる。振り返ると、隼が人差し指を口に入れて舐めていた。

濡れた指が背後から迫ってきた。

「ああっ、そこ、だめぇぇーっ！」

唾のついた指が挿入されたのは、セピア色した後ろの穴のほうだった。結菜は必死に手で防ごうとする。隼の手としばらく争った。

肛門にイタズラされるなんて、本当に恥ずかしい。快感もあってとにかく虫唾《むしず》が走る。

「ここも、いじるよ」

いじると言っておいて、恥裂をもいじる。それが義父以上にいやらしい。やっぱり性器が一番触られたくない。「いやぁーっ」と叫んでしまう。

また指が乳首に近づいてきて、結菜は乳首の横のあたりをつんつん指でつつかれた。

「柔らかいね」

乳房をつままれて、いやっと言って、手を振って邪魔しようとした。その手を押さえられた。

指で乳首をコチョ、コチョと擽られた。上からチョン、チョンとつついて、掻くようにコリコリと刺激する。

もう一方の乳首は指三本でギュッとつまんで、二本の指で挟んでグリグリ揉んでいく。

「パパと君のママはね、むふふ、いろいろ道具を使って、いひ、ひひひひ」

聞きたくない。でも、想像してしてしまう。

お尻の穴にヌニュッと指を挿入されて、緩慢な速度で長い時間出し入れされた。しかも同時に膣にも指を入れられた。二本同時に前後の秘穴に挿入されて啼《な》かされた。

隼の気持ちが引いてしまうくらいの悲鳴をあげたのが原因だろうか、その後、隼は数日間何もしてこなかった。隼は予備校生で志望は難関大学なので、猛勉強中でもあるから、それも原因なのだろう。

一方、秀樹もこれと言って悪さはしてこなかった。スケベな義父も息子の言うことは聞くのだとわかってきた。それともやっぱり結菜の母親に悟られるのを恐れているのか。たぶんその両方だろう。隼のことは気にはなるが、とにかくこのまま終わってくれれば、それに越したことはないと結菜は思っている。

日曜日の朝だった。

身体に異変を感じて目が覚めると、パジャマの前がはだけられていた。

隼の顔が結菜の顔の真上にあって見下ろされている。結菜は身体を跨《また》がれていた。

「ああっ、な、何なのぉ」

パジャマがはだけられているだけではなく、スリップもたくし上げられていて、乳房が露出させられていた。

「やぁぁぁーん」

手で胸を隠すが、結菜は乳首をいじられていたことに気づいた。乳頭がヌルヌルしている。唾をつけて玩弄されていたことがわかった。寝ている間に快感で乳首は突起していた。

「いひひひひ」

両方の乳首を指でつままれて、グリグリと左右に捩子《ねじ》を回すようにして揉まれた。

「いやぁぁーっ」

結菜はおののいて飛び起きようとした。

「だめっ、じっとしてるんだ！」

身体の上にのしかかられて、とたんに苦しくなった。ブチュッと音がするほど唇にキスされて、結菜は両手で隼の顔を押しのけようと必死になった。

すると、隼は下半身に関心が移って、身体を移動させ、結菜は大きく開脚させられた。

「あああっ、開かないでっ、いやですぅ」

叫んだところで口を手でふさがれた。そうされると勢い恐くなる。むぐうっと呻いて涙が出てきそうになる。

「大きな声出すな。パパとママに気づかれちゃうだろ。ねっ、いいことしよう。ちょっとだけだから。すぐ終わるから」

前にも同じ言い方をしていた。本当に卑怯な感じがする。でも母親には絶対知られたくない。秀樹にイタズラされていることは話したが、取り合ってもらえなかった。そんなことから、もう半ば諦《あきら》めているし、隼にイタズラされている現場を見られるなんて考えられなかった。

大股開きによってショーツのクロッチがピンと張ると、大陰唇の形状が浮き出てきて、その大陰唇の周囲を指でじっくり撫でられた。真ん中のスジを指先ですーっとなぞられて、さらに上へと指先が恥裂に食い込まされた状態でえぐり上げられた。

「ひゃああン、そ、そんなふうにぃ、だめぇっ」

やり方がスケベでいやらしい指の使い方だった。本当に父子でよく似ていると思った。小さな身体が伸び上がって、大股開きの脚を合わせて閉じようとする。「こらぁ」と手で邪魔され、押さえられた。

クリトリスも形が出ていて、当然のように狙われて、指でこすられつづけた。

「ああっ、はぁあっ、あーう！」

そんなに声は大きくない。自分でもセーブしている。

すでに身体は押さえつけられていないのに、両手を自分の胸のほうへ曲げて、身体は固まったままだ。腰が浮いて、激しく喘ぎのけ反っている。頭をベッドに押しつけて、少女とも思えないブリッジをつくった。

「イク、イクゥゥ！」

早くもイッた。結菜は横になって逃れたが、乳房をつままれつぶされて、乳首は唾をつけた指でヌルヌル捏ねられた。

脚を曲げ伸ばしして逃げるが、身体を起こされて、今度は四つん這いにさせられた。

「このまん丸いお尻は、まあ小さいお尻だけど、丸みが違う。ほぼ球体だね。ムチムチお肉がついて、横にも少し張り出して、そこが丸くなってて、メロンのように大きくて、すごい」

恥ずかしい四つん這いにさせられて、結菜は上体をよじって嫌がる。少し体勢が崩れた。

片脚を曲げて膝を立て、一方の脚は伸ばしている。顔は横を向いて、隼から見てお尻と乳房と顔が同時に見える格好になった。

「パンツ、ほらっ——」

ショーツをくるりと剝き下ろされた。

「うあぁ……だめぇ！」

お尻が露になると、まず両手で一回ぐるっと全体的に撫でられた。そのあと指が幼膣に襲ってきて、割れ目の中に侵入した。

「ひぃっ、いや、いやぁーっ」

横向きに寝ようとしたら元に戻されて、後ろから股間に手がスポッと入った。ちょっと声が大きくなったので、隼に「しっ」と言われて黙ってしまった。

結菜が脚をよじり合わせるが、恥裂に指が入ってきて、結菜はいやらしい手を何とかのけようとした。

結菜の手は、だめだめと言って摑まれて離され、脚をよじり合わせていても、やはり襞びらは隼の指で捕捉された。

「だ、だめぇぇ……」

指が曲げ伸ばしされながら恥裂内部にズルッと入って、こすり上げられた。敏感なおしっこの穴までグリッ、グリッと三回指先でえぐられた。

「あンひぃぃっ」

もう泣きそうになって、よじり合わせた脚を今度は少しバタバタさせてしまう。相変わらず声は小さい。やっぱり親に気づかれたくなかった。

片手は股間をいじってきて、もう一方の手は乳首をいじる。両方を防げなくなってきたところで、ムギュッと乳房をやや強く握られた。

その乳房を握った左手のほうを手でのけると、乳首を指に唾をつけてべちょっ、ぐじゅっと揉み込むようにしてくる。

「いンひぃ、だ、だめぇぇっ」

右手で乳首をいじり抜かれ、左手では恥裂を撫で上げられた。指がズニュッと幼穴に侵入を果たしたところで、

「い、痛ぁい、あぁン、いやぁぁーっ！」

さすがにわなないて、涙がこぼれた。

結菜はしばらくベッドにうずくまって、ヒクヒクと泣いていた。結局幼膣に指を挿入されてしまった。やることは義父の秀樹と変わらなかった。

だけど……。母親に知られたくない気持ちと羞恥心、そして快感。それらが溶け合って観念する感覚が心のどこかに芽生えていた。

黙って見ていた隼が動いた。結菜はゆっくりと仰向けに、正常位にさせられた。

両手の親指を内腿のほうから股関節の恥裂ギリギリのところに押し当てられた。左右とも親指を食い込まされると、少女の秘められた肉がやや盛り上がってきた。

もう、どうしようというのかわかる。結菜は眼を見開いて天井を見つめた。

恥裂をその押し当てられた指で、クワッと左右に割られた。

「ああっ」

視線は天井に向けられている。

「結菜ちゃんの中身が出てきた」

そんな言い方はされたくなかった。義父だけでなく、兄のほうも言葉がひどくいやらしい。故意にそんなふうに言う感じがして、本当におぞましくなる。結菜はまだ天井を見つめている。

今まで恥ずかしいイタズラをされてきたけれど、こうしてあからさまに女の子の一番隠しておきたいところを暴かれて見られたら、身体が萎縮して震えてしまう。

これからその「中身」を触られて感じさせられて、最後は犯されてしまう。結菜は自分の身に起こることを自覚していた。

「あうぅ、だ、だめぇぇ……」

全裸に剝かれた結菜は羞恥心が蘇《よみがえ》ってきて、大人の女がやるよりもっとすばやくさっと両手で乳房と前を手で覆って隠した。

開いた股の間に脚を入れられていくと、もう閉じることができなくなった。股間に指を二本、三本と入れられて、ぐじゅ、ぐじゅと濡れた肉襞をいじられた。

「はうっ……いやぁぁーっ」

結菜はまた身体をひねって逃れようとした。だが、隼によって再び抱き起されて四つん這いのバックポーズにさせられた。

「さあ、ベッドに顔つけて、お尻をほら、天井に向けてぇ。むふふふ……」

誘導されて、額をベッドにつけて下を向くと、お尻が上がってくる。背後にいる人から恥裂もお尻の穴も丸見えになるポーズだとわかっている。

「もう、ビンビン立ちになってるよ」

結菜は勃起を右手で持った隼に、膨らんだ亀頭を恥裂からお尻の穴まで、上下にズルズルッとこすりつけられた。それがしつこいくらい何度も何度も繰り返されていく。

「やーん、あぁあああーん、そ、そんなことぉ……絶対、い、入れたらだめぇぇ」

恥裂、そしてお尻の割れ目へ亀頭をこすりつけられて、結菜は悲鳴をあげて抗《あらが》うが、グニュッと押しつけられる亀頭の感触を味わわされていく。

「うわ、こんなに強く反応するとは思ってなかったよ」

お尻の柔らかい丸みを亀頭で凹《へこ》まされている。

「ほら、お尻の割れ目にスポッと入ってく。肛門にはそんなに押しつけないよ……そこに今、入れるつもりはないから。結菜ちゃんの感じるところに先っぽをくっつけるだけだよ」

そして、隼は調子に乗っているのか、結菜を膝で立たせて、股間に前から肉棒をまっすぐ入れてきた。

「×学生の素股って過激だよね。出し入れしていくよ……。うおお、これは感じるよ。土手から割れ目、穴まで、亀頭をこすりつけて……うお、このまま続けてたらドビュッと出ちゃうな」

隼は目が血走って、肉棒を結菜の股間でしごいていったが、発射しかけて中断し、結菜を開放した。

「あぁう、あう、あぁぁ」

結菜はその場に裸で横たわって、側臥《そくが》で縮こまり、曲げた脚を両手で抱《かか》えて涙した。

「泣かないでね。感じちゃえばいいじゃない」

もうおチ×ポの接触は仕方がないと観念に近い感情になっていた結菜だが、挿入だけは恐くて仕方がなかった。

（ぼ、勃起した、あぁ、あの恐い大きな、あぅ、大人のおチ×ポ、ぺ、ペニス……絶対に、だめぇぇっ！）

再び四つん這いのバックポーズにさせられて、亀頭のこすりつけのスピードが異常なほど速くなった。

「うおぉ、むほふぅっ……」

まだ挿入していないのに、隼の異様な呻《うめ》き声が耳に入った。

「ええっ」

結菜は直感的に、隼がおチ×ポで犯そうとしてはいないことがわかった。

ドビユビユッ……ドビユッ……ビジュッ……。

「むおうっ、おうっ、ぐふぅっ！」

幼膣の穴からお尻の穴へと、熱い液がかけられた。

ドビユルッ！　ドビユッ……。

結菜のすみれ色の肛門に亀頭が押し当てられたため、直腸の浅いところにその液が入ってきた。

「あぁン、あン」

その感触に虫唾が走った。

（あぅ、日曜で、まだ親が離れた部屋、寝室でグーグー寝てたわ。だから、セックスまで行って騒ぎになるのを避けてたのね……）

昨日の隼によるイタズラ被害を振り返ってみて、そのときは考える余裕もなくてわからなかったが、今落ち着いてみて、そう思う結菜である。

セックスして犯す。女の子の身体の中に射精する。それは隼も秀樹もまだしていない。

だが、それは安心できることではなく、おぞましい性的なイタズラ行為が長く続くことになる予感をともなって、かえって恐怖だった。

あのあと、シャワーで股間を二回、三回と洗ってキレイにした。その記憶まで洗い流そうとするかのように。

もちろん、記憶がなくなるわけはない。秀樹とのことも同じだ。それは一生心に残ってしまうだろう。結菜もわかっている。

恥ずかしい、いやらしい、卑猥なイタズラ……。意思に反してやられてしまった。

（あぁ、それなのに、快感があった。いやぁ、だめぇぇ……。女の子の身体に、無理やりしたら、だめぇっ！）

膣も、お尻の穴もキュッと締めて、おぞましい肉棒を拒否した。

そして、激しい恥辱の性行為から、さらに十日ほど経過した。

今日、結菜は家に隼と二人きりだった。秀樹は仕事で一日中家を空けていて、母親はときどき行く繁華街に電車で出かけていた。

隼にあんなことまでされて、もう義父の秀樹と大差ない。日数が経っているが、まだ思いは生々しい。家に親はいないから何かされてしまいそうだ。

予備校から帰ってきた隼が案の定、部屋に入ってきた。

「あぁ、来ないでぇ。またスケベなことするつもりなんでしょう？」

「むふふ、結菜ちゃんもされたがってるから」

「されたがってるなんて、違うわ」

嫌な言い方をされたが、内心ドキリとしてしまう。無理やりでも感じて絶頂まで行ってしまう女の本質を思い知らされている。

隼のやることを認めてなんかいない。でも快感があって、その快感と羞恥の興奮、多少のイケメンのせいで言いなりになっている面がないとは言いきれなかった。

「パンティを見せてもらうよ」

近づいてきたので、結菜は椅子から立ち上がった。

「どうして見せなきゃいけないのぉ。見せないわ」

逃げる間もなく、スカートは捲り上げられてしまった。ショートパンツかズボンを穿いていればよかった。でも、どうせ同じことだわ……と、すそを完全に上まで捲り上げられて、結菜は半ば諦めムードになっている。

前も後ろも見られていく。

「うーん、股布の横のラインがかなり長いね」

結菜のお尻を白いフルバックのショーツが大きく覆っている。フルバックでも女児ショーツではない。股布が二枚になっていなくて、隼が言うクロッチの境目の横のラインがあるだけだった。

その境目を指でなぞられて、結菜はプルプルとお尻を振って反応した。

「ほーら、揉み揉み……」

揶揄《からか》うように言いながら、乳房を揉まれた。さらに着ている半そででセーターを脱がされて、薄いキャミソールの下着も脱がされていく。

「裸は、いやぁ」

いちおう拒みはするが、隼は断固やろうとしているので、すぐに挫けてしまう。乳房を露にさせられて、恥じらいから手で隠した。

その手を引っ張られて、ポコッと飛び出した幼乳を指でつままれた。

「やぁぁぁーん」

成長期の少女が特に恥ずかしがる乳房にイタズラされると、震えるような、鼻に響く恥じらいの声をあげた。隼が眼を細めて嬉しがっているのがわかる。

「ほら、痛くないように、ちょっとだけねじるよ」

乳首をつままれて、ゆっくり右に左にねじられた。ねじったまま力を入れてつままれて、乳首が平たくつぶされた。

「あいぃっ」

痛いが、それより恥ずかしさと快感が先になってくる。

「あうっ……そ、そうやってつまむの、あの人にもされたわ。親子でするのね、変態っ」

隼の手をちょっと摑んで何とか言い返すが、抵抗もそこまで。ベッドに寝転がされた。

またパッと、スカートを捲られた。

「土手のところがね、むふふ、結菜ちゃんのここ大きいよ。オッパイより大きい」

恥丘を指で押された。結菜は恥丘のふくらみというものを性的にはあまり意識したことがなかった。まして乳房の大きさと比較したことはない。

コットンショーツの上からだが、女児ショーツのように生地は分厚くないから、結菜は割れ目ができている無毛の土手で隼の指を敏感に感じ取った。

いつショーツを脱がされてもおかしくない。そう思ったとたん、さっと下ろされてしまった。

「いやぁーっ」

声をあげて、慌てて手で前を隠した。恥丘を指で突いたのは脱がす合図だったようだ。

「白い肌が綺麗だな。ブツブツなんかまったくない」

色白だと言われることは多かった。可愛く見えるのかもしれないとは思うが、よく日焼けした健康的な元気な子に対する憧れもある。

結菜はさらに、細い足首を掴まれて左右に大きく開かされた。

「だめぇぇ、こんなことしたらいけないもん！」

両手で股間を覆って叫ぶ。まだ十分身体をいじられて感じさせられていないうちに、いきなりの裸の大股開きはある意味ショックだった。

「パパは仕事で遅くなるから、帰らないかもしれないって言ってたけど、わからないからね」

だから何？　義父が帰ってくるかもしれないから、今のうちに何かしようということなのか……。結菜は不穏なものを感じた。

隼がちらっと結菜を見ながら、ズボンのベルトを外していく。さっさとズボンを脱いでしまった。

（えっ、何？）

ブリーフを下ろすと、ブルンと勢いよく勃起した肉棒が姿を現した。

「ああっ、それ、いやぁっ」

少女にとって未知の肉の棍棒だが、その危険な使い方は知っている。生の勃起が目の前に迫ってきた。

「これ、入れるよ……」

言うやいなや、開脚した脚の間に割り込まれた。

あけすけに入れると言われたら、何をされるのかわからない年齢ではない。本気でセックスすると言われたことがわかり、涙目になって首を振った。

「嫌がるんだねえ。でも、もうだめなんだよ」

「うあぁっ」

正常位で覆いかぶさってきた。前は四つん這いで亀頭を散々恥裂にこすりつけられた。

「あああっ、入れないでっ、絶対痛いぃ」

少女の穴に亀頭だけ入った。だが、肉棒の太くて硬い茎の部分は入っていない。

「ま、まだだ。チ×ポの先だけだ……」

「いやーっ、大人が、そ、そこに！　子供のわたしにぃ……だめぇぇ、入れないでぇ！」

結菜は仰向けから顔を起こして、眦《まなじり》を割《さ》いて下を見た。大人の肉棒が危険な小穴に侵入しようとしている。

結菜は身体を強く横にひねった。

「だめっ、動かない。かえって痛いだけだぞ」

肉棒が幼膣からそれたが、腰骨をがっちりと摑まれて、もう逃げられない。

「したらだめぇ……お、おチ×ポ入れるなんてぇ！」

結菜は涙がこぼれてきた。

「させてよ。ズボッと……」

「うあぁ」

亀頭が小さな膣口に当たって入りきれず、跳ね返された。

隼は手で肉棒を持って亀頭を膣口にくっつけた。ずれないようにしている。

「あぁっ、入れるぅ！」

硬く張った亀頭が、結菜の処女穴にズブッと入った。

「あぎゃあああっ！」

膣口が強く締まって閉じた。その膣の収縮と感触は結菜も知覚している。

隼が肉棒から手を離し、腰のポジションを整えて嵌《は》めようとした刹那《せつな》、肉棒はまた幼膣からズルッと外れてしまった。

「おぉ、意外と入らないもんだな」

再度挑戦し、肉棒をしっかり握って今度こそはと、意気込むように体重をかけてきた。

「うぎゃぁあっ！　やだぁぁ……」

結菜はあらん限りの力を出して、腰を横にひねった。

亀頭からやや肉胴の部分が膣口に入って、処女膜が破れはじめたところで、結菜が抵抗したため、からくも犯してくる肉棒が抜けて外れていった。

「うあぁっ、やだぁぁ！　いやっ、いやぁぁーっ！」

激しく叫んで暴れた。脚をバタバタさせる。隼を蹴ろうとした。挿入されたが抵抗して肉棒が膣から抜けてしまった。

結菜は横向きになってうずくまり、股間に手を当ててわっと泣きだした。

「何だよ……」

隼はいかにも不服そうな顔だが、気を削がれてしまったらしく、ピン立ちのものを抱えてベッドにじっと座っていた。

「だめぇぇ、ご、強姦だからぁ」

「うわ、強姦なんて恐ろしい。違うよ、ほぼ合意だろ」

「無理やりだわ」

「わ、わかったよ。もうしないよ」

隼は結菜から離れて、「ふっ」と息をついて半立ちの肉棒を手で拭《ぬぐ》うようなことをして、パンツを穿いた。

結菜は一瞬、裂けるっと、おののいた。

「いや、あのね、ズボッといくつもりじゃなかったんだよ。でもね、興奮しちゃってつい。むほほ」

愛液でヌルヌルして滑り込みやすくなっていた膣だが、その入り口の狭さと処女膜によって、邪悪な亀頭が弾かれて幸いにも未遂に終わった。

ようやく隼が諦めてすごすごと部屋から出ていくと、少し涙が出て、恥裂を濡れティッシュで拭き、タンスからタオルも出して拭いて、ショーツを穿いた。

それでもまだ気持ち悪さが残って、シャワーを浴びたかった。

でも、また血のつながりのない「兄」が襲ってきそうな恐れを感じて、そのまま呆然としていた。

そして、案の定、再び「兄」が部屋に舞い戻ってきた。

「いやっ、来ないでぇ」

隼はベッドの上に立って、結菜を前に座らせた。

結菜の顔の前に、野太い肉棒がビンと立ち漲《みなぎ》っている。少女の小さな顔の前に邪悪な勃起が聳えて、その光景は醜悪そのものだった。

「お口開けてぇ」

「うあぁ」

結菜は恐怖に満ちた眼差しで、眼が寄って勃起を見つめる。

徐々に口を開けていき、ヌイッと亀頭が前進してくると、結菜は仕方なく眼をつぶって受け入れた。

「あうむぅっ」

血のつながりのない兄の前で、両手にこぶしをつくって耐えている。肉棒に手を添えることなく、口だけでパクッと亀頭を咥えていた。

「先っぽを吸って、舐めるんだ」

結菜は言われたとおり、亀頭をジュッと吸って口の中に入れ、小さな舌でネロネロ舐めていく。

「おあぁぁ、い、いいぞぉ。さあ、しっかり咥えて、顔を前後動させるんだ」

命じられるままやると、結菜の口の中で肉棒が摩擦された。

肉棒を口に含んだ結菜の顔がぐっと前に来たとき、隼は手を使わずに腰を前にひょいと出して、ズヌッと口内深く入れていく。

「ふぐぅぅ」

結菜は噎《む》せるが、じっくり味わうように舐めしゃぶり、眼がトロンとしてしどけなくなる。

「手で握ってぇ、むふふ、ギュッと摑んで、はい、ジュボジュボとお口でフェラチオだ」

隼に握らされた勃起は、熱く脈動する動きが手に伝わってくる。そんなものをオマ×コに突っ込まれたら、本当に恐かったと、刹那胸を撫で下ろした。

チ×ポの先からカウパー腺液が出ていて、ねちょっと唇についた。

「ほーれ」

と言って、顎から唇へ亀頭で撫で上げて、唇の端から端まで横にズルッ、ズルッと往復させた。

亀頭をぐるっと回して頬と鼻先までこすりつけ、口を指で開けさせたところで、ズブズブと根元まで口に入れてきた。

「ほら、チ×ポを口に含んで、むぅっ、顔を前後動させるんだ」

大人の勃起した肉棒は少女にとって太すぎて口に入りづらいが、それでも無理やり入れられて、フェラチオさせられていく。

「ふぐぅ……こんなこと、あむぅ、絶対だめぇぇ……」

お口でするなんて、拒否したかった気持ちがほとばしる。

「むはは、結菜ちゃん、チ×ポを咥えたいやらしい口の形が本当に可愛いよ」

「あぁ、い、いやぁ……ふぐむぅ……」

どんな顔になっているのか、考えたくもない。恥ずかしい口の形が想像されて、もう眼をつぶったまま今の自分から気持ちだけ逃避している。

口を尖らせて吸っているとき、ズポッと亀頭が外に出てきた。その亀頭をペロペロとすごい速さで舌先で舐めていく。

「うほほ、おおっ、気持ちいいぞぉ」

隼に頭を抱えられて、しばらく伸ばした舌で亀頭だけ舐めさせられた。それからまた肉棒の茎まで口に含まされて、顔を激しく前後動作せられ、舐めしごかされていった。

「あっ、あうぅうーん、はうあうぅ、だめぇーっ」

結菜はもう想像がついていた。おチ×ポを舐めしゃぶらされた挙句いったいどうなるか。

(ひぃ、男の人の、あぁ、お金玉の中に溜まってる、あ、あれ、あの液を……)

射精という言葉と、その実際を結菜は性教育と女子のひどい猥談によって知っていた。

そして、その射精が今、自分の口の中で行われようとしている。そんなことあってはならないはずなのに……。

「吸え！　そうだ、舌で押さえて、グーッと押さえて……ズボズボ、ズボッとしごくんだ。そらぁぁ」

もう何も考えられずに言われるまま、頭を抱えられて前後に激しく動かされ、口の力で勃起を舐めしゃぶってしまう。

「うぉ、おむうぅっ――」

ドビュッ、ドビュッ、ドビュビュッ！

隼の勃起ペニスの尿道口から、結菜のピンク色の舌の上と喉に、一気に熱い液汁が吐き出された。

「うンはぁあああーん！」

視線が飛んだ。

ズルッと、肉棒が口から出てきた。

ドビュビュッ！

まだ射精していく。

唇から可愛い鼻頭へかけて、粘り汁がべちょっとかかった。

「やーん、ああーん……」

ほとんど涙声のわななきとなって、さらにドビュッと愛らしい花のような唇に白い熱液がかけられた。

「うぐぉ、オマ×コにはできなかったけど、まあいい。×学×年生の少女に、フェラでぶちまけたぜ」

どす黒く言い放った隼によって、結菜は肉棒の先っぽのヌルヌルを可愛い顔になしりつけられていく。亀頭のプリプリした感触を顔で味わわされた。

結菜はしばらくベッドの上で恍惚となって、顔についた精汁のヌルヌルを手で拭うことすらできなかった。

第四章　恥辱の全裸ランドセル

「島崎《しまざき》……いや、永野、今日ぼーっとしてたね」

学校で、担任の教師に旧性と言い間違えられて声をかけられた。授業が終わって下校の時間になっている。一人で廊下に出てちょっと行ったところで、後ろから呼び止められた。

教室に戻されて少し緊張して椅子に座っていると、「ときどき虚《うつ》ろな眼でどこ見てたの？」と、笑って訊《き》かれた。何を聞かれているのかわからない。

(あぁ、担任の先生、相談できる雰囲気なんてない。しかも……前からじっと見てる気がするわ)

黙っているが、担任も見下ろしてくる眼が興味ありげな表情だった。顔を見て、身体を見る。女として意識されている……。それは義父の秀樹と同じだった。

今日はミニスカートを穿いている。学校へはほぼショートパンツを穿いていくので、たまにミニスカートで登校すると緊張した。

ミニの場合、何かの拍子に下着が覗けてしまう恐れがあった。担任には観察する眼差しで見られているが、ミニスカートを穿くときは日ごろから意識していた。そして特に今日は深刻だった。

「変なパンツ穿いてるね？」

教室にはもう結菜一人しかいない。誰にも聞かれていないが、表情を失うようなことを言われて、ギクリとさせられた。ただ、何のことかはわかっている。

「白だけど、透けてるよな」

「あぅ……」

秀樹がタンスに入れていたもので、前から持っていた普通のショーツはほぼすべて処分されていた。そして学校へはミニスカートを穿いて行けと無理強《じ》いされていた。

「シースルーだろ。ちょっと見せてみろ」

結菜は椅子に座ったまま座面に両脚を立てさせられた。スカートを捲られないだけでもまだましだが、正面でしゃがんだ担任から股間が丸見えになった。

「股布だけが普通で、前後が完全にスケスケ。前の割れ目、お尻の割れ目が透けて見えてるじゃないか。そんなパンツ、×学生が穿いちゃダメだろ」

「は、はい……」

「みんなにわかっちゃうからな。笑われるぞ、いいのか？」

恥ずかしいので、応えずに脚を下ろそうとした。

「まだだ。こんな短いスカート穿いてきて、見えてしまうに決まってるじゃないか。ふん、前にも水色のキラッと光るパンツ穿いてたぞ。×学生が穿くものじゃないな」

その光沢があるショーツも秀樹に穿かされたが、結菜は一瞬秀樹のことを言いかけて、言葉を飲み込んだ。

担任は自分の隠れたいやらしい意図を故意にわからせようとしたようで、結菜は顔と透けたショーツを交互にじっくりと見られた。わざとらしく「ふっふっふ」と笑われてから、ようやく帰ることを許された。

あぁ、担任の先生までいやらしい眼で見てくる。家庭での性虐待のことなんて相談できるはずがない。仲のいい友だちはいるけれど、打ち明けたりしたら秘密が広まっていく気がして恐い。

ほとんど涙ぐむまでに落ち込んで帰途についた結菜は、学校でのことを秀樹に必死に言って、アダルトなショーツを許してもらおうと思った。聞いてくれないときは母親に泣きつくしかなかった。

夕食が終わって秀樹にそっと学校でのことを話した。セクシーショーツのことで担任に注意を受けたと言うと、案外簡単に納得してくれた。やはり学校など世間に家庭の事情が知れることが嫌なのだろう。

ショーツの件は母親にも知られたくないようだった。セクシーなのは回収して、普通の下着を何枚か買っておくと言ってくれた。

だが、その翌日になって、秀樹が急に部屋にどかどかと入ってきた。

落ち着いて学校の宿題をしていたときだった。また始まったのかと思ったが、今日こそ卑猥な行為は拒否しようという気になって、スケベな義父の顔を見上げた。

「むぉ、結菜ちゃん、隼にやらせたのか？」

髭面《ひげづら》で眉を怒らせ、結菜の前で仁王立ちになっている。

結菜も椅子から立って、首を振った。

「や、やらせたって……違うわ。無理やりに……」

声を震わせて言うと、秀樹は沈黙して何か考える顔になったが、そんなに疑っているようには見えなかった。息子からイタズラしないように言われて、それをしばらく守っていた秀樹だから、怒っているのだと思った。

「結菜ちゃんは、自然に男を誘惑してしまう女の子なんだ」

「そ、そんなことぉ……」

秀樹はやはり異常なことを言ってきた。結菜はそんなことないと言いたい。誘惑なんて、思ってもいないこと。変態的な義父やその息子がそのような結果にさせているだけなのだ。

「とにかく普通の子供じゃないんだ。セックスアピールを身体中でしてるんだよ。男にしてしてぇと、お尻やお股が誘ってるんだ」

またとんでもない、いやらしいことを難癖つけるように言ってくる。

「セ、セックスぅ？　やぁン、そんなアピールしてないわ」

大人に当たり前のように言われたら、ふと自分にそんな面があるのかもしれないと思ってしまう。だから自分に言い聞かせるためにも、義父が恐くてもはっきり否定した。

本来なら馬鹿々々しい話にすぎない。しかし結菜が置かれた状況から、異常な義父のペースにはまってしまいそうになる。

「パパより先に隼にやらせて、どういうつもりだ？」

秀樹は畳みかけて言ってくる。

「やらせてなんかないっ」

自分から性的なことをさせたように言われた。当然否定するが、母親から女の子にも原因があると言われたことを思い出した。秀樹もそう思っているような気がする。

「パパにも兄さんにもさせてしまう、いやらしい娘には、ふふふ、恥ずかしくてつらいお仕置きが必要だよ」

「えーっ、恥ずかしくてつらいお仕置きぃ？　いやぁ、な、何なのぉ……」

秀樹のことだから、また邪《よこしま》なこと、エッチないじめを考えている。そうに違いない。結菜は秀樹に疑いと嫌悪の眼差しを向けた。

「セクシーショーツはまた復活だ。超ミニもな」

「ええっ、ま、また学校に穿いて行けって言うのぉ？」

「そうだ。学校の先生にも、友だちにも、みーんなに見てもらえ」

「だめぇ、恥ずかしくて学校にいけないいっ」

「恥ずかしい子は恥ずかしいまま、超ミニから、スケスケパンティ、Ｔバック、紐パンティが丸見えになってしまえ」

「い、いやぁン、恥ずかしくて死んじゃう！」

もう黒目がちの愛らしい瞳は涙でウルウルしていた。今にもこぼれてきそうになる。

秀樹はいったん自分の部屋に行き、またすぐ結菜の部屋に戻ってきた。

手にビキニパンティを持っていた。濃厚な紫色のTバックで、前の部分が極小三角形のビキニだった。普通の女児ショーツやジュニアショーツと違って、大人が見て楽しむためだとわかる。

「こ、こんなショーツは、いやぁぁ」

少女の股間にも小さすぎるエロパンティである。よくこんなものがあるなと感心するほどだ。

「これはうちで扱っている商品じゃなくて、ネットで買ったんだが。さーてと、結菜ちゃーん、むふふふ。学校で恥ずかしいことになりたくなかったら、パパの前でTバック穿いて、結菜ちゃんがどんなにエッチでイケナイ娘か、正直に自分を表現してごらん」

「えーっ、な、何をしろっていうのぉ？」

結菜はほとんど泣き声に近い声で訊いた。

秀樹はニヤリとしてスカートを脱がせにかかった。

強引なので、結菜は穿いていたショーツを下ろされてしまい、そのTバックショーツを穿かされた。さらに上も脱がされて、Tバック一枚の裸に剝き上げられてしまった。

「ぐふふ、子供なのにねぇ……」

一言が耳に残りそうだ。血のつながりのない父親に裸にさせられて、好色な観察眼で視姦されていく。結菜は羞恥のあまり、ウェストから腰、脚まで女の子らしい丸み豊かな身体をくねらせてしまう。

「大人と同じように身体をくねらせるなんて、結菜ちゃんはエッチな子になってきてるね」

自明の理のように言われた。でも、イタズラされて感じさせられたからそうなっているだけで、エッチだからじゃない――と、訴えたい結菜だった。

「そういうふうにもじもじして、大人を悦ばせてる……むふふ、ポーズを取ってごらん。Tバックのお尻を振ってみせるんだ」

「あうぁぁ、いやぁ、あぁぁぁ……」

結菜は涙が溢れそうになっている。それでも学校に恥ずかしいセクシーショーツと超ミニの姿で登校なんてできない。秀樹の求めに従って羞恥の尻振りポーズを披露した。

「そうだ。ランドセルと黄色い帽子がある」

また妙なことを言う。顔がにやけている。

「い、いやぁぁ……」

秀樹が思いついたこと、やりたいことに結菜はピンと来る。エッチな大人が、血のつながりのないいやらしい変態の義父が考えていること。それは、学校に行く格好で丸裸の恥ずかしいポーズにさせて面白がることだ。

(あぁう、もうわかってるわ。わたしみたいな小さな女の子を辱《はずかし》めて、おチ×ポを立てる性格だということくらい……)

秀樹の質《たち》の悪さは知っている。でも、もう抵抗できなくなっている。それが嫌で仕方がないが、逃れられない気持ちになっていく。母親も助けてくれない。どうすることもできないという諦め感が強かった。

決して明るさが弾けているような活発すぎる少女ではないが、本来なら屈託のない明るい笑顔で過ごすことができたはずである。まったく親の都合で離婚再婚となり、振り回された挙句、人格に問題のある義父やその息子によって、言わば人生が暗転しはじめたのである。

結菜は赤いランドセルを背負わされ、学校指定の黄色い帽子をかぶった。×学生の女子だという現実を特に強調される、何か現実以上の現実感があった。

「い、いやぁ……こんなのぉ……」

結菜は×学生が×学生のコスプレをしているような気持ちになって、異常な恥ずかしさを感じた。

秀樹も眼を丸くしながら視姦して、一歩近づいてきた。

「ああっ、やぁぁぁーん！」

いきなり、穿いたばかりのTバックショーツを太腿までさっと下ろされた。

「×学生美少女、全裸ランドセルじゃ。わっはっは！」

ポコッと突き出した幼乳と滑らかな白肌の割れ目マ×コがまぶしいセクシーロリータが、赤いランドセルと黄色い帽子の姿で降臨していた。

「わ、笑うのは、いやぁぁ……」

もう完全に服従して顔の表情がたるんでいる。羞恥と得体の知れない快感で華奢な幼い身体が揺れてくる。

秀樹にエッチな眼でじっと割れ目を見つめられても、もはや手で隠す気力もなかった。そこに手が伸びてきて、触られて初めて、「いやっ」と言って慌てた。

「ぐるっと回ってみろ」

結菜は言われるまま、ランドセルの全裸少女としてターンした。

「あぁ、こんなこと、いけないもん」

秀樹の邪な手を避けた瞬間、もう片方の手で太腿を摑まれた。

「痛ぁい」

と、結菜は可愛い声をあげた。

秀樹はちょっと痛くさせておとなしくさせようというつもりかもしれないが、結菜は痛いのがつらいというよりも、それが何か一種観念するムードをつくる働きをした。すでに身体を揺すったり、ひねったりできなくなっている。

Tバックショーツが太腿に絡んだ状態で、恥じらう結菜の魅惑の割れ目が狙われている。秀樹の指がゆっくり侵してきて、恥丘の頂点から始まるスジにニュッと入った。

「はぁうっ……」

ピクンと下腹に反応した結菜だが、指先で割れ目を押されて凹まされ、さらに下方へと撫で下ろされた。

「いやっ、そんなふうにぃ、あぁ、あぁあァン！」

全裸ランドセルの辱めの姿で、女の子の泣きどころをイタズラされたら、それだけで少女の心としては犯されたも同然だった。

やがて、腿まで下ろされていたTバックが元に戻された。全裸より面白いのか、一種の飾りとして穿かせておこうとしているように見える。

「むふふ、次は四つん這いだ！」

「ひぃぃ」

四つん這い……その言葉の響きを結菜は恐れる。そんな格好を晒す前から、想像して新たな羞恥と屈辱に苛《さいな》まれる。

「結菜ちゃんのお母さんと、こないだ四つん這いのバックポーズでズボッとやったよ」

「いやっ、聞きたくない！」

絶対に言われたくないことだった。

そんなひどいことを聞かされて心が傷ついているのに、片脚を掴まれて、思いきり高く後ろへ上げさせられた。

「あぁぁ、何するのぉ」

面白がってそんなことをするなんて恐くなるし、いじめだと、嘆くような顔になって秀樹を見つめる。

後ろから迫ってこられたとき、結菜はもともと男が勃起したペニスを後ろから入れるということ自体知らなかった。というのは後ろからということは、お尻の穴のことしか思い浮かばず、女の子の「生理の穴」に来るときは前からだと漠然と思っていたからだった。

学校の女子の猥談で、お姉ちゃんが彼氏にバックからオチ×チンを入れられたという話を聞いたことがあったが、はっきりと意識することはできなかった。

後ろから挿入される恐怖は感じたものの、四つん這いでヌニュッと亀頭が入ってきて初めて、女は後ろからセックスをされるということがわかった。

バックポーズで顔をベタッとつけていくと、お尻がぐんと上がって富士山みたいになり、ズコズコと上から斜め下に突き落とすように急角度で出し入れされていく。それはまだ×学生の少女にすぎない結菜にとっても、恥辱を感じる体位だった。

裸でランドセルを背負った結菜は異様な格好になっていく。ベッドの上でも片方の脚の膝で身体を支えて少し痛いが、それよりTバックショーツが恥裂とお尻の割れ目にピタッと密着して、食い込んでいる姿が恥ずかしくてたまらない。

今、結菜は、後ろに上げさせられた脚が秀樹の肩に当たった状態で手で抱えられ、固定されている。

「結菜ちゃんのポーズわかってる？　エロだよ」

言われて、結菜は何とか背後の秀樹を振り返ると、ブリーフにテントを張っていた肉棒が姿を現していた。ブリーフの穴から生の肉棒をビンと聳《そび》えさせている。それはすでに隼に挿入されている結菜には恐い瞬間だった。

「いひひひひ」

秀樹はわざと嫌な笑い方をしてみせる。

「だめぇぇーっ！」

結菜はＴバックを下ろされると思った。

（後ろから犯されちゃう——）

だが、Ｔバックショーツは下ろされないまま、ショーツの生地越しに秀樹の硬い勃起が恥裂に押しつけられた。

わざとだろうか、秀樹は肉棒を押しつけては引いてを二度三度と繰り返した。

「だ、だめぇ、それ当たるぅ。やーん」

やっぱり大人の硬いペニスがショーツの上からでも股間にグイグイ来るのは、とんでもなく抵抗があった。

Ｔバックショーツのクロッチにぶっくり膨らんだ亀頭が強く押し当てられている。

秀樹が手で肉棒を持って、ショーツの下の大陰唇のふくらみを味わうために、ゆっくり上下にこすりつけてきた。

「うほっ、むおぉっ」

心地よい刺激を感じたような秀樹の声に虫唾が走る。結菜は「やぁン」と嘆く声を漏らした。

十数回は亀頭のこすりつけが行われ、そのあとTバックショーツに秀樹の手が掛かった。

「脱がすのは許してぇ」

恥じらう結菜は哀願の声を奏でた。脱がされたら生の少女自身が見えてしまう。そうしたら、今恥裂を圧迫摩擦してきた亀頭が挿入されるのはあっという間のこと。

「脱がさなきゃいいんだね？」

「あぁ、は、はい……」

軽くいなすような秀樹に、結菜はそのまま応えた。

「パンティの上からなら、ふふ、女の子の秘密の部分、割れ目ちゃんをじっくりたっぷり可愛がるのはいいんだ」

「あぁ、そんなふうに言うの、いやぁ……」

意地悪な返し方をされて、結菜は狼狽《うろた》えてしまう。指先が感じる少女の干割れに入ってきた。乙女のスジにそって上下に膣から肉芽まで撫でられた。

「もう、これは認めたんだろ。感じさせられて嬉しいんだね？」

「やぁン、だめぇ……それ、したら、だ、だめぇぇ！」

口ではだめと言うが、結菜はほぼ諦めて観念している。

「パンティ脱がさなきゃ、何をしてもいいんだろ？」

「だから、あぁ……で、でもぉ……いやぁン、あぁ、は、はいっ！」

迷いのなかとうとう認めて、綺麗な涙が頬を伝っていった。

結菜の恥裂は今度は指先でショーツを通してグリグリえぐられ、膣穴の箇所を見つけられて何度もプッシュされた。

「あひ、あぁぁ、も、もう、そこまでぇ。しちゃいや、いやぁぁ」

涙声になるが感じてもいて、ジュクッと膣内から分泌した。

そして、結局、ショーツはさっさと下ろされて、脚から抜き取られてしまった。肛門と幼膣が剝き出し状態となった。

「むふふ、大人のミニチュア版だ」

「あっ、あぁン。それ、触らないでぇ」

ミニチュアと言われたのはまだ小さいピラピラした小陰唇だった。大陰唇から右のほうが一部出ていて、ちょっと赤っぽい。少女の花びらも快感に弱かった。

肉襞を指でびらりと横に押しのけるように拡げられて、結菜は「ひぃぃ」と声を絞り出す。

幼膣の穴が外気に触れるのを感じた。

その幼穴の周囲を指先でなぞられた。

「やーん、いやぁ、だめぇぇーっ！」

敏感に感じて声をあげ、下半身に力が入って腰が浮いた。


異常なかたちで恥裂、幼膣を愛撫玩弄されて、望まない快感を与えられ、愛液が溢れて、少女のピンク色の粘膜をじっくり観賞されてしまった。

羞恥と屈辱感から涙して、細くて柔軟な肢体をくねらせ、悶えたが、秀樹が一息つくと、結菜はランドセルを下ろされて床に置かれ、帽子も取ってポイと机の上に放られた。

身軽になった結菜は、ベッドに仰向けに寝かされた。

「ぐふっ、じゃあ、もう一度……」

ヌラリと濡れ光る幼膣の秘穴に指を入れられていく。

「ひゃあっ、もうそこに、あぁ、い、入れるのは……」

幼穴に何か挿入されたら、それが隼にやられたときの亀頭ではなく、指一本だけでも、恥ずかしい快感に見舞われてしまう。そしてまだほんの×学生だというのに、愛液が分泌するのを避けられなくなる。

指をヌニュッと深く入れられて、膣内でぐるぐる掻き回された。

「あぁあああぁあーっ！　いやぁン、あはぁあうっ」

膣壁を卑猥にえぐられていくので、結菜は耐えられない快感から、手でシーツを摑み、枕を摑んで、二本の可愛い脚で踏ん張って少しブリッジした。

快感がしばらくの間、オマ×コの内部で燻《くす》ぶりつづけた。

「これだけ股を開くと……ぐふ、ふふふふ……」

何を言いたいのか、じっと凝視されている。膣穴がよく見えると言いたいのだろうと、結菜は恥辱を噛みしめた。以前は膣の穴などほとんど意識したことがなかったのに、今では脳裏から離れなくなっている。

股をおっぴろげて幼膣が丸見えとなり、陰部がぷくっと盛り上がって中の粘膜まで剝き出しになった。

「オマ×コが完全にパカァと……」

「いやぁぁ、言うの、いやっ、いやーっ」

見られいじられていても、あからさまに言われると、子供でもいたたまれない恥辱に悶えてしまう。

「お尻の穴も綺麗だ」

何もかも見られて、玩弄《がんろう》されて感じさせられていく。その恥ずかしさ、そして快感はもう避けることはできない。

「むふぅ、ここね、コロコロしてちょっと硬いような……」

肉芽を指の腹で押さえてゆっくり揉まれていく。鋭い快感に襲われて、結菜は「あぁン、あーンッ！」と、天井を見つめたまま喉を鳴らしてしまう。

クリトリスを細かくすばやく指の腹でこすられて快感が昂《たかぶ》った。

「はあぁーうっ！」

声を震わせて身をくねらせるが、快感が鋭くなって乳首までツンと尖ってきている。

全身に快感が浸透していく状態になって、結菜はもう、何をされても仕方がないんじゃないかというような気持ちになってくる。

これから先、どれだけ恥ずかしいことされなきゃいけないんだろう。でも、すごく感じてしまう……。

（あ、あの液が……出ちゃうっ）

再び、ヌニュッと、指一本幼膣に挿入された。

「はうぁうっ」

身体が固まり、下腹のあらゆる筋肉が締まってくる。幼膣の括約筋が邪な指を締めて、お尻の穴もすぼまっていく。

「あっ、くっ……そこぉ、だめぇっ。やぁぁン！」

可愛い声を漏らすと、ニヤリと笑われた。そんな笑い顔に涙が出そうになる。快感はあったが、虫唾が走る種類のもので、納得した愛撫で感じるような心地よさではない。結菜は顔をじろじろ見られながら、細かく指を出し入れされていく。

結菜は両手が下りて、秀樹の手を摑みそうになったが、気持ちとしてそれができなかった。幼膣をいじっている好色な手に、細い指先が触れただけだった。

「はぁぐぅぅ、ああーう、もうそれっ、だめぇぇぇ。あぁうぅぅーっ」

限界まで快感を我慢して、額に脂汗を噴かせて首を振り、喘ぎ、成熟した女のように悶えた。

「堕ちる……って言い方あるけれど、結菜ちゃん、そうなってきてるかな？」

手を休めて、訊かれた。

「えっ……何？　いやぁぁ……」

「結菜ちゃんの齢《とし》で、こんなに感じて、ヌルヌルというか、ぐっしょり濡れて、イクなんて誰もいないよ」

「あぁ、誰もって……だって、無理やりされたから……しないでぇ」

「いや、最初はそうだったかもしれないけど……もう、こんなに感じるようになってる。ほかの子なんて、単に遊んでるだけの子がいっぱい」

結菜はプルプル首を振って否定するが、二の腕を摑まれ、突起していた乳首をつまれてしまうと、「はうっ」と顎が上がって涙目になった。

膣内の指をぐっと上に曲げられて、膣壁を指先で押された。もうそれだけで感じてキュンとなってくる。

秀樹はやがて、膣壁の一カ所を押したまま前後に細かくすばやく摩擦しはじめた。

指先を曲げ伸ばしされて、ぐりぐりと膣壁の天井をこすられていく。

身体を左右にくねくねと芋虫のようにくねらせ、ビクンとのけ反って、そのまま身体が強張《こわば》り、強くガクンと上体が揺れた。

「ここが、たぶんGスポットだ」

スポットというのが指で刺激されている場所のこと言っていることはわかった。

本当に嫌だったが、大人の男が言うので、本当にその膣壁の一番感じるところに、得体の知れない感じすぎる何かが備わっているような気がした。自分の身体がどこか恨めしくなる。

大人が知っている女の子の身体の性の部分をそんな言葉で指摘されて、何か支配されるような恥ずかしく悲しい気持ちに落ち込んでいく。

「あンはぁあン、だめ、アアッ、はぅ、あぁあああうっ、だめぇぇーっ」

刺激が強くて感じすぎる。快感が止まらなくなって、恥ずかしいわななきを披露していく。

「だ、だめぇぇ……そこっ、だめぇーっ！」

少女にもあるそのスポットを徹底して揉み嬲られていく。「むふふふ」といやらしく笑われて、指を曲げ伸ばして揉み込む動きだけが執拗につづけられた。

経験したことがない強い快感が生殖器の深部に生じた。

火照ったピンク色の百四十五センチの身体を右に左にくねらせていく。

腰をひねらせて身体も固まったが、「あうン」とまた逆方向に戻って、その腰が反っていく。

ぐじゅぐじゅ音を立ててGスポットをえぐり抜かれ、ギュギュッ、ギュギュッとその犯してくる指を膣壁で締めつけた。

そして、快感の電気が膣壁のエロスの箇所から、脳天まで一気に駆け上がった。

「イ、イ、イクッ、イクゥゥゥーッ！」

結菜はわななないて、背を弓なりにさせていった。

「結菜ちゃんの脳内でエンドルフィンが出まくりだったね。少女でもあんなに身体がくねるんだ」

言われて、結菜は「いやぁっ」と啼く口の形になった。エンドルフィンとか、また知らないことを言われた。

（頭の中で何が出るっていうの？）

考えたくもない。どうせいやらしいエッチなことだから。

「結菜ちゃんのような少女でも、イキまくる絶頂の快感がオマ×コにやってくるんだ。どうだったかな？　ぐふふふ」

楽しそうに言われ、涙がこぼれそうになった。

秀樹は部屋からふらっと出ていって、また戻ってきた。手に何か持っている。

「えっ、何？」

「むふ、ビデオカメラだ。残しておきたい映像がある。ふふふ、ハメハメシーン、結菜ちゃんのオマ×コズボズボを……」

「ええっ、そ、そんなの、いやぁぁ、撮っちゃだめぇぇ」

「あとで見て楽しめる。結菜ちゃんもいっしょに見よう」

「だ、だめぇぇっ」

結菜はこれからセックスされる、犯されるところをビデオの映像に残されるとわかって、顔から血の気が引いていった。

「オマ×コ狙いのエロアングルで撮って、じっくり見ていくよ」

「あぁ、オ、マ、ン……エロアングル？　やーん」

言い方が卑猥でいじめに近い。結菜は言葉だけで悩乱してくる。

カメラには下に小さな三脚が付けてあった。秀樹はカメラを三脚で机の上に立てて、ベッドにいる結菜に向けて撮る角度を調節した。

「これでよしと」

秀樹はビデオカメラのボタンをいじって「オン」と言った。録画を開始したようで、ニヤリと笑って再び結菜に迫ってきた。

「いやぁぁ、来ないでぇ。セックスはだめぇぇ……ビデオもいやぁ！」

「実はね、むふっ、紐も持ってきたんだ」

ポケットから荷造り用と思われるビニールの紐を出した。

「えっ、な、何するのぉ？」

「お手手、邪魔だから、縛っちゃおう」

「えーっ」

結菜は顔が青ざめるほど驚いた。紐を持って迫られると、首を振って嫌がるが、秀樹に柔らかい二の腕を摑まれてくるっと後ろを向かされた。

まず手首をくくられて、両手とも背中に回されて、もう一方の手首を合わせてぐるぐる紐で巻かれて縛り合わされた。

「うわぁぁ、だめぇーっ！　縛るなんてぇ、恐いぃ」

「これで諦めもつくし、雰囲気が出ていいぞ。おとなしくしてれば、気持ちよくなって……さっき感じまくって、イッちゃっただろ」

「いやぁぁ、縛るの、だめぇっ、犯罪だからぁ！」

「犯罪なんて、人聞きの悪い。結菜ちゃんのお母さんだって、縛られるの好きなんだよ。ＳＭっていって、いろんな道具も使ってプレイするんだ。ぐふふ、ふふふふ……」

ママと言わずに、わざわざ結菜のお母さんと言って、どす黒く笑われた。結菜は言われたことを頭の中で想像して、心底おののいた。視線がどこかへ飛んでしまった。

「隼にやらせてるんだから、パパもズボッとやっちゃうよ」

「うわぁぁ、でも、少し、は、入っただけなの……」

後ろ手にくくられた結菜は、幼膣に隼のおチ×ポが入りかけた痛さの記憶と恐怖とで、声も震え、涙ぐみながら言い訳した。

「先っぽだけか。小さい穴に亀頭だけかい？　むふふ、だめだよ、するからね。ズボッと」

すでに義父の勃起の大きさはわかっている。その大きくなったおチ×ポを膣に入れられちゃうなんて、考えただけでもぞっとする。

痛いだろうとか、膣内《なか》に射精されるなどということを今、予想する余裕はなかった。ただおぞましさ、嫌悪感、羞恥心が心の中の大半を占めているだけだった。涙目で顔をしかめた表情を秀樹に見下ろされている。

「ほら、これ見てごらん。大きいだろ。太いだろう」

「うあぁぁ、や、やだぁぁ」

秀樹が生の勃起を結菜の目の前でビンと聳えさせた。身体を揺するが、背中のほうで縛られた手がどうにもならない。

「わかるね。入ると、穴がほら、チ×ポのこんな大きな直径に広がっちゃうんだぞぉ。

いひひひ」

言われて、絶句する。だが、絶対入らない、絶対いやっ……と、心の中で叫んでいた。

先端の赤紫色に膨らんだ亀頭から、ごつごつした肉棒本体、黒い毛のもじゃもじゃまで見せられた。

目の前で充血勃起したペニスがヒクヒク動いている。

今から肉棒を挿入されることを悟らせ、わからせようとしている。じっくり言い立てて、恐がる顔を見て楽しもうとしていることに結菜は気づいた。

その意地の悪さ、スケベさが結菜はわかる。そんな義父のやり方に、×学生の少女である結菜は下半身のデリケートなところに意識が集中し、鳥肌立ってきた。

両肩を押され、仰向けに倒された。

「い、いやぁぁっ」

ピタリと脚を閉じるが、小さな膝小僧を掴まれた。

「股を開けぇ」

「あぁぁぁ……」

「ビデオにもちゃんと撮られているんだぞぉ……うむぅ、ビンビンになって、もうたまらん」

結菜は感触で下から亀頭が内腿をこすって、肉棒がせり上がってくるのを感じた。そんなところを映像に残されてしまう。「やめてぇ」と心の中で叫んでいる。

グニュッと、亀頭の肉塊が幼膣を圧迫した。

結菜の幼穴は、手で握った肉棒で狙いをつけられている。亀頭がゆっくり小さな膣穴に接近してきて着地した。

「あひぃぃ」

肉棒の先っぽが肉襞二枚の間にぐちゅと入ってきた。

結菜は膣口にめり込みかけた亀頭のおぞましい感触に狼狽して、豊かな肉が付いたお尻がビクンと痙攣した。

挿入の感触に身体を硬くさせて、息を呑む。

「ほーら、もう入っていく。観念してじっとしてるんだよ」

「だ、だめぇーっ……」

膨張した肉塊が嫌でも、膣内にめり込んでいく。

「あぎゃあぁあうっ!」

鋭い声を発したとき、肉の棍棒が幼膣を裂いて埋没した。

結菜は背が弓なりに反って、後頭部でほとんどブリッジする格好になった。

「わぎゃあぅぅ、だ、だめぇ、だめぇぇぇっ」

激しく啼《な》いたとき、肉棒がほぼ半ばまで結菜の胎内に没入していた。

結菜は大人の勃起した肉棒の直径に膣口を拡張された。膣壁で肉棒の胴の太さを感じている。

「切れるぅ！」

切羽詰まって悲鳴をあげている。結菜の年齢相応の身体に、大人の勃起ペニスがブスリと突き刺さっている。異様としか言いようのない眺めである。

「むおぉ、は、入ったぞぉ。小さなオマ×コだなぁ」

いやらしい声を聞かされながら、太くて硬い肉棒が身体の中心に向かって、さらにズニュッと、深く入ってきた。

「あぎゅあぁ、あぁぐぅぅぅっ！」

ずぶずぶと奥底まで押し込まれ、嵌《は》め込まれた。

「だめぇっ——はぁうぅあぁぁぁっ！」

「悶えるねぇ。おっ、ビクンと腰が痙攣かい？　波打って……おぉ、またビクンと。今、オマ×コがギュッと締まったね。快感で悦んでるの？」

惨く卑猥に表現されて、身も心も穢される。

「ふぁぁぐぅぅぅっ……助けてぇ、来るぅ……」

結菜はまだ×学校の高学年なのに、ふだん意識することさえなかった膣を大人の勃起で割り拡げられてしまった。亀頭が肉奥の底の壁にまで達している。

（はぐぁうっ……子宮に……あ、当たってるぅ！）

声にはならないが、脳裏に性教育で知っているその名称が浮かんだ。

亀頭が子宮口に衝突して、肉棒のおしっこの穴まで少女の神秘的なお肉にくっついて離れない。そのおぞましい感触を味わっていた。

嫌というほど膣口を拡張されて、奥まで挿入されたため、肉壁でブックリ膨らんだ亀頭と肉棒のごつごつした肉茎を締めつけて味わってしまう。

（あーう、い、今、おチ×ポを締めつけちゃったぁ）

×学生の小さな膣なので、肉棒は膣壁に強く密着していたうえに、自分の意思に反して、幼い膣括約筋がギュギュッと肉棒を締めて愛してしまった。強姦まがいに侵入してきた肉棒に対してそうなってしまう。

「ふンあぁうあっ！　くぅぅぅーっ」

結菜の呻《うめ》きと喘ぎ声は、秀樹を興奮させて、ペニスのさらなる勃起を促《うなが》した。

結菜は秀樹の肉棒に膣襞を絡みつかせ、無意識にクイクイ締めてしまった。

「ぐふっ……まだだ、まだ根っこまで入っていない」

結菜はその言葉を聞いて、はっと目覚めるように眼を見開いた。亀頭が膣底を打っていても、まだ秀樹の大きな肉棒は根元までは結菜の体内に入っていなかった。

「むほおっ……すごい、少女のな、中がぁ、おぅぅ、狭すぎる……むむぅっ、チ×ポがギュッと押されてくる」

結菜の幼膣へ、秀樹はまずゆるやかな肉棒の出し入れを行った。だが、興奮のあまりすぐにその速度を上げてきた。

敏感な幼膣のとば口から、少女の神秘的な領域までズン、ズズンと勢いをつけて突っ込んでいく。

「お、奥までっ……だめぇぇ、あぁあああああっ！」

結菜の愛らしい口から、哀願と快感の声が披露された。

秀樹は「おらぁっ」と、下品に叫び、眼を血走らせて激しい肉棒のピストンを繰り返した。

その出し入れのピッチは止まることなく上がってくる。

秀樹の腰が反動つけてドンと突き出され、肉棒の毛の生えた根元までブスリと嵌め込まれた。

「はぅぐあぁあう、死ぬぅぅ、あぐあぅぅっ！」

亀頭は子宮を押しつぶして曲げていき、膣底の壁を押し上げた。結菜の小さな顎が上がって、喉がごくっと鳴り、口が大きく開いて閉じなかった。そのとき肉棒全体が根元までしっかりと結菜の幼膣に没入して嵌っていた。

「おぉ、うっ、くほぉぉっ」

ドビュビュッ、ビュルッ……。

吐精が始まった。子宮口に亀頭がくっついて、中へ、ビジュ、ビュッと精汁が注入されていく。

射精するペニスのビクン、ドクンと脈打つ感触を結菜ははっきりと膣壁で感じ取った。

「あぅあぁぁぁ……」

声が悲しい音色の尾を引いた。

射精のリズムに合わせて、肉棒が突っ込まれる。膣の行き止まりに何度も亀頭がめり込んで、そのたびごとに、熱い精汁がドビュルッ……と、惨く吐き出されていった。

結菜はおぞましさや快感と戦って疲れ果て、額が汗でじっとりしていた。

顔は火照って息も荒い。眼は虚《うつ》ろ。呆然としている。

子宮の内部、膣内、膣口そのすべてに粘りつく精液のおぞましさを感じる。

「パパは結菜ちゃんのお母さんと結菜ちゃんのオマ×コにドピュドピュと出したよ。むふふふふ」

「いやぁぁーっ」

「たっぷり射精して本当に満足だよ」

「だめぇーっ」

母親のことも言われて、義父の秀樹の惨さや変態性欲が結菜の心の底まで侵入してきた。

第五章　少女を侵す鉗子とバイブ

心に猛毒を持つ義父に強姦射精された衝撃はあまりにも大きく、結菜の意識はしばらくの間飛んでしまっていた。

快感で悩み悶えて、毛が一本も生えていない少女の花園から、愛液が溢れて止まらなかった。

その後、結菜は、ランドセルを背負って×学校から帰ってきて、義理の父と兄に口にできないような辱《はずかし》めを受け、たっぷりと膣や子宮に吐精される。そして翌日は、ランドセルを背負って×学校へ登校する。その繰り返しがその身に起こって、誰も止める者はいなかった。

今日もその繰り返しの一日で、以前撮られていたビデオの映像を母親が買い物に行った隙に見せられた。

「こんなの恥ずかしい……いやぁ、ビデオなんてだめぇ！」

秀樹の書斎にある大きなテレビモニターの画面で見せられている。赤いランドセルを裸の上に背負わされて、その格好で少女が隠したい秘部をイタズラされるシーンが続いた。

「黄色い帽子もかぶって、可愛いなあ……」

「いやっ、見たくないっ、消してぇ」

結菜は自分の恥辱映像を見せられて、そのときの羞恥と快感に悶えた記憶がフラッシュバックした。

早送りしていくとついに凶暴な勃起で串刺しに。そんな口にできないような恥ずかしい映像が明瞭に映し出された。

「これは長く残しておきたい映像だよ」

「あぁ、こんなの残すなんてだめぇ。いやっ、いやぁぁ」

結菜は錯乱して声をあげるが、秀樹は気にも留めない様子で、用意していたセクシーショーツを結菜に見せた。

「これを穿いて美人になってごらん」

「あぁ、またエッチなパンティ穿かせていじめる気ね」

結菜が渡されたのは、エメラルドグリーンの光沢のあるショーツだった。ひもパンティだが、ビキニでもTバックでもない。しかし生地がごく薄いうえに、ギラギラした光沢はエロスの香りを放っていた。

結菜はスカートとアウターのキャミソールを脱がされて、そのエメラルドグリーンのショーツを穿かされた。スリップはまだ着ている。

「×年生に、ふふ、このビキニパンティはエロだよなあ」

自分で穿かせておきながらいやらしく言う。×学生が穿くような下着ではない。紐パンティであり、大人びた色彩と光沢のショーツだった。

その薄い化繊の生地に恐いほど割れ目が食い込んでいる。

「何これ。いいねえ、うほほほ」

「いやぁ、笑うなんてぇ、あなたが穿かせてるもん」

「またあなたって言う。パパだろ。ふふ、ざっくりと割れ目に」

「やぁン、見ないでっ、言われたくない！」

前のスジを指差されただけで、結菜は泣きそうな顔になってしまう。恥丘の上までとんでもなくスジができていて、生地の薄さゆえかそのパンティがウェストゴムでキュッと上へ引き上げられる効果があって、食い込みが深くなっている。

秀樹が顎ひげを手で撫でて、その手を結菜の恥裂が刻まれた白い恥丘にトンと置いた。

「ちょっと後ろ向いてみろ」

「あぅう」

「ほれ、小さいパンツだ」

尻溝の上のほうがはみ出して、ショーツの幅の狭い逆三角形の端が尻たぶの中間あたりまでしかなく、尻の三分の一くらいしか覆っていない。

「あぁ、このパンツ、真ん中が食い込んでる」

「はっはっは、お尻のほうもだな。中心が縦に絞られていて、お尻の割れ目全体にピタッとくっつくんだ。尻たぶが左右にまん丸くなって分かれて見えるって具合だ」

「あぁン、こんなの、子供が穿くショーツじゃないわ」

「そうだね。でも、結菜ちゃんにはぴったり。ぐふふ、恥ずかしくてエッチな子だから」

「いやぁ、違うわ。あなたがそうさせてるもん」

結菜は秀樹のせいだと言いたいが、この期《ご》に及んでもうどうにかなるものではない。

結菜は唇を嚙みしめて、涙目になるばかりだ。

セクシーショーツは穿かされたときから、ウェストゴムやサイドのゴムのひも、そしてすそゴムすべてがピタッとフィットして、気が気ではなかった。極薄の生地ももちろんそうだ。

「ふむ、意外に大きな丸いお尻に、ピチッとパンティが貼りついて、その表面がピチピチに張りきってる感じがするな」

秀樹が褒めて言っているが、そんなことは結菜にとって嬉しくも何ともなかった。

結菜はセクシーなひもパンティを穿かされて、羞恥の中でさまざまなポーズを取らされた。そうするうち、結菜は顔が火照り、乳首が立ってしまった。幼膣がどうしても蠢《うごめ》きだして、とうとう愛液が生地に染みてきた。すでに割れ目は開いていた。

「ふふふ、気分出してきちゃって」

その言葉は結菜の心を揺さぶった。言われたくないが、自分には嘘はつけない。認めざるをえないような心理が頭をもたげてきている。

そんな結菜のお尻に秀樹の手が伸びてきた。まん丸い尻たぶを大きく円を描いて撫でられた。股間を指の腹でスッ、スッと摩擦される。

「あぅ、いやぁ、あふ、あぁぁ」

書斎の大きなソファに腰掛けさせられ、横に座った秀樹に腿から割れ目、乳房を撫でられ、つままれていく。小さいがプロポーションのいい身体をピクピクと反応させて、悩ましく身をくねらせた。

うつぶせに寝かされてお尻を念入りに撫で回されたあと、結菜が恐れていたとおり、形が出ていた恥裂を数往復指でなぞられた。

「それぇ」

と、結菜は身体を表に返された。

乳房乳首を執拗にいじられつまみ上げられていく。秀樹はそんな具合に、故意にやっていやらしく扱おうした。

結菜は十分イタズラされたあと、パンティをさっと下ろされた。

生のスジを露出させられて、「やだっ、やーん」と悶える。そこを見られたら、やっぱり恥ずかしくて泣きそうになる。さっきまで極薄パンティが食い込んでいたからか、恥裂が少し開き気味だった。スリップも脱がされてしまった。

秀樹の指がズニュッと膣深くまで入れられた。

「はぁあン、あぅう、い、入れないでっ！」

指を胎内に挿入された結菜は、顔をしかめて声を絞り出す。

何か窒息しそうな顔をしていて、太腿を撫でられ、鼠径《そけい》部に指を食い込まされたところで、「アアーッ」と叫んで、跳ね起きるように身体を起こした。

「四つん這いだ!」

結菜の行動に秀樹はイラついているのか、大きな声になった。

結菜がぐずぐずしていると、お尻をバシリと平手で叩かれた。

仕方なく四つん這いの羞恥ポーズになると、後ろから秀樹の指が小陰唇、そして肉芽まで掠《かす》めていき、また膣に戻った。

結菜は見えないところで膣口を指でほじくられ、「ヒイィッ」と引き攣るような声をあげた。快感でたまらずお尻がカクン、カクンと上がったり下がったりした。五十センチくらいの少女の細い締まったウェストも、面白そうに両手でかなり撫でられた。どこを愛撫されても、快感が強くなって、ビクンと身体が痙攣した。

結菜も自分の幼膣から愛液が漏れるのを感じた。

秀樹に初めてイタズラされたとき、恐くて恥ずかしくて嫌で仕方がなかった。大人の男の行為が単に苦痛でしかなかったのが、今では、もちろん楽しいわけではないが、強い羞恥を伴《ともな》う快感が生まれて、愛液が溢れるところまで昂ると、気持ちでイタズラをどこか切なく受け入れていた。

だが、そのあと、特に無理やりイカされたあとは、十分には抵抗しなかったことで後悔の念に襲われていた。

　乳首をチュッと吸われた。

「やだぁぁ、そこっ……いやぁっ！」

　乳首は少女なのに、結菜は相変わらず弱かった。子宮にキュンと刺激が伝わった。すでに幼膣は熱くなって濡れぬれ状態。耳もうなじも舐められた。

「はぁうぅ、舌で舐めるのは、か、感じるから、い、いやぁぁ……」

　結菜は胡乱な眼差しになって、華奢でセクシーな肢体をくねらせつづけた。


　秀樹にはいつも犯されるわけではない。書斎ではセックスはなかった。

　学校の女子の猥談では、男は×玉に精液が溜まってムラムラしてくると、女の子の×理の穴にズギューンと入れて出す。そしたら三日間セックスしない。

　そんなふうに教えてくる。スケベなことを口に出して自分で興奮するために言っている。ショーツの色を聞いたり、オナニーしてるか問いただしたりしながら、陰険な眼をしてべらべらしゃべる。

　射精したあと、少しはすっきりして休むから、イタズラするときはいつもおチ×ポを立てて嵌めて出すとは限らないのだろう。秀樹も隼も変態だけどそうなのだろう。

結菜には漠然とだが、そう思えてくる。

そして、結菜はあることに気づいた。

（あぅう、あの二人、イタズラする曜日を分けて決めてる……）

今日は木曜日、昨日の水曜日は隼が部屋に来て、タンスの中の下着を出して穿き替えさせられた。もちろん身体のあちこちを触られてイタズラされた。月水金と火木土で分けている。日曜は隔週で。それがわかって結菜はショックを受けた。書斎で秀樹に紐パンティを穿かされてイタズラされたのは火曜日だった。

結菜は変態性欲の父子に代わるがわる犯されたが、もう母親にも相談できない気持ちになっていた。あぁ、ママにも誰にも知られたくない。その気持ちが強くなっている。それだけに結菜は抵抗することもできずに性の慰み者になっていく。

秘密を外に漏らしたり、騒いだりするとまずい。家族は表面的には問題なく安定しているのだ。それが壊れてしまいそうな気がする。母親は絶対それを望んでいないことを結菜は知っている。

ビデオ映像を見せられて、さらに少女として敏感なところを秀樹にいじくり回された。尻に割れ目に指が食い込んできた。秀樹の書斎は一種の密室だった。エッチな拷問部屋かもしれない。

水曜の隼のイタズラや性のいじめの次で、今日は木曜日。秀樹の日だ。

結菜が学校から帰って、戦々恐々として秀樹を待っていたら、やっぱり部屋に入ってきた。

「結菜ちゃーん、ちょっと遊ぼうよ……」

五十三歳なのに、眼を細めて子供っぽい声で誘ってきた。どうせ恥ずかしい目に遭わせていじめるくせに。

「ミニスカなんだね。いい子だね。ちょっと捲って見せて」

求められるとおりスカートを捲ってショーツを見せた。白だが、もうコットンの普通のジュニアショーツや女児ショーツは処分されているので、ツルツルの生地のセミビキニだった。

くびれたウェストを撫で上げられて、両側から手でウェスト捉えられた。スーッと十本の指で撫で下ろされて、パンティのところに来て、股間へ指が這わされた。それを何度も繰り返されて、早くも恥裂がヌルヌル状態に変化していった。

(あぁう、以前ならこんなふうにならないのに……。やられて感じちゃうような気持ちが入って、あ、愛液が出てきちゃう)

子供らしくないくびれた腰をくねらせた。

スカートを捲られて、化織のショーツのツルツルしたお尻を撫でられた。

「この尻はね、大人になると、ぐっと上がって、後ろにだんだん盛り上がってくる。むふふ、肉がついて、バックポーズのセックス向きのお尻になる」

「いやぁ……」

そんなこと言われたくない。大人になんかなりたくなくなる。

スカートは捲っているのが面倒なのか、秀樹にさっさと脱がされてしまった。

「ほら、このパンティがピッチリ貼りついた、よく目立つ土手がエロいな。モコッとしたこの部分、これこれ」

結菜の恥丘は指でつつかれた。

「あぁぁ、ツンツンってしないでぇ」

文句を言っても笑われて、「土手の肉もつまめるかな？」とか言う。

「後ろ向いて。お尻、お尻……」

後ろを向かされたが、お尻に何をされるのか心配になって秀樹を振り返った。

「ほーら、やっぱりパンティがお尻に食い込んでる。尻たぶが分厚いから」

秀樹の指がお尻の穴にブスッと突き立てられた。

「やーん、そこ、指でギュッとしないでぇ」

肛門を狙って突かれるのは、割れ目以上に屈辱感があった。

「はっきり割れ目ができてる。このキャメルトウがやらしいなあ。これだよ、ここだ」

やっぱり恥裂にイタズラしてきた。そこに悪さしないわけがないと思っていたら案の定だった。

「股開いて、もっとグーッと開いて。はい、閉じる」

秀樹がさせようとしていることくらいわかる。女の子の前の割れ目にショーツを挟ませて、いやらしい食い込みをつくらせようという企《たくら》みだ。やってみたら結局その通りになって、恥丘の真ん中から深い溝のようなスジが出来上がってしまった。

「こんな具合だ。はっはっは」

卑猥な食い込み割れ目に、間髪入れず秀樹の指先が入り込んできた。

「うわぁン、どうして大人は女の子の、そ、そこを恥ずかしい目に遭わせていじめるのぉ？」

「うーむ、大人にないのが少女の割れ目だから。特に結菜ちゃんのような美少女のここはすごい価値がある……」

秀樹は指の腹を上に向けて、割れ目の深いところからゆっくりと、少女の襞を味わいながら、ズズズッとえぐり出し、掻き出した。

「い、いやぁぁぁーん」

そうされてしまうのはわかっていても、結菜は秀樹が持っている勢い、やるのが当たり前という流れに逆らえなかった。

結菜は見た目は以前と変わらない×学生なのに、心の中はまるで違う別人になってしまった。そんな思いが強くなっていた。

(あぁ、か、身体だって、裸になっても前のわたしと同じ。なのに……。いやぁ、女の子の大事なところだって同じだもん)

これまでのこと思い出したくない。思い出したとたん、腰がぐっと引けて、お尻が後ろへ突き出されるかもしれない。前から割れ目にイタズラされるから。常にその感覚があって、股間が意識の中心に来てしまう。意識は身体の奥へつながる幼膣の穴に集中した。

「だ、だめぇぇ……」

キュッと確かに今、その肉穴が締まった。

そう言えば、秀樹から人にばれたら恥ずかしいぞなどと脅されもした。羞恥心を利用して口止めするなんて……と、子供心にもとても卑怯な気がしたが、抵抗できなかった。

週末、土曜日になった。金曜は隼が部屋に来て、ショートパンツだったので、スカート捲りをしたかったとあけすけに言われ、パンツのすそから指を入れられて、やはり目的の割れ目にイタズラしていった。

そして、今日は、悲しいことにやはり一日置きの選手交替だった。またまた秀樹が部屋にいそいそとやってきたのだ。

母親は運悪く外出中だった。買い物だが、炊飯器が古くなってきたので、家電量販店に見に行くと言っていた。高級なものに買い替えるために電車に乗って街に出ていった。

(今日はやられちゃいそう……)

女の直感で、犯されると思った。

まず身体をべたべた触られて、スカートの中に手を入れられて股間をいじられた。

そのあとすぐに両脚を抱《かか》えられたと思ったら、肩に担ぐような格好にして、太腿が胸につきそうになるくらい身体のほうへ倒された。上から押されて、顔の横にまで脚が倒された。まんぐり返しである。結菜の両手は脚の前に置かれた。

「あうあぁっ、こんな格好ぉ……いやーっ！」

お尻がぐっと上がって、股間を嫌でも秀樹の顔の前で露出させられた。まんぐり返しなんて知らなかった。異常に羞恥してしまう。

「ほら、自分で脚を持って」

秀樹に言われたが、結菜は持つ力がなくて、手を添えるだけだった。

ふくらはぎの先のほうをしっかりと握られた。握る力が強くて痛みを感じるまま、身体のほうへぐっ、ぐっと二回押された。

結菜の小さな身体の上には、完全に秀樹の身体が乗っていた。

勃起は幼膣に狙いをつけていた。やっぱり犯す気でいたんだと結菜は絶望的になる。

「お、大人が、もうこれ以上、セックスしたらいけないわ！」

ほとんど涙声になって訴えると、秀樹は一瞬気を削がれたのか、身体が結菜からちょっと離れた。

「今のうちなんだ、膣内射精で孕《はら》むことがないのは。結菜ちゃんはまだあれが来てないから」

「あぁう、そ、そんな理由でなのぉ。やーん、男の人の都合で、わ、わたし、×年生で、×歳ぃ、し、しちゃいやぁぁ」

「うお、おぉぉぉ」

結菜の涙の訴えで、秀樹はピン立ちの自分の肉棒を手でギュッと握りしめた。

「あぁっ」

その姿と眼つきの怪しさを目の当《ま》たりにして、結菜は視線が宙を泳ぎ、ときどき彼女の身に起こっていた生殖器にキュンと来る悪寒に見舞われた。

結菜は身体を横に傾けて抵抗するが、「こらぁ」と秀樹に脚を摑まれ、押さえられて動けなくされた。

直立した肉棒の先が再び結菜の幼膣に迫ってきた。

上からのしかかって、体重をかけてくる。

「いやぁぁ、来ないでっ」

結菜はまた腰をひねり、ベッドに手をついて身体を傾けようとした。

「おらっ、動くな」

華奢な腰骨を上から手で押されて元に戻された。

秀樹の下半身がまんぐり返しの結菜の股間に覆いかぶさってきて、亀頭が秘穴に入って馴染むと、一気に体重をかけられた。すなわち全体重がチ×ポにかかって、幼膣に嵌《は》め込まれたのである。

「ふぐぎゃあぁうっ！　ふンあぁうぅぅぅーっ……」

殺されるような声を発して、上体を横へひねろうとした。そのよじった身体のまま固まった。

秀樹の大人の逸物はグジュッと音まで立てて、結菜の内部に没入していた。

結菜は天井を睨んで、小さな赤い口が半開きになり、全身がガクガクッと痙攣した。

ほっそりしたふくらはぎが秀樹の肩に当たって、やや担ぐ格好になっている。

「もう逃げられないよ。これ、結菜ちゃんのお母さんが好きな体位なんだ。バックもね」

「うわぁう！」

何を言われたかわかった。頭の中が真っ白になってくる。

「上から嵌めていくと、ぐふふ、体重がかかって深くて……むふ、結菜ちゃんの子宮に先っぽが嵌《はま》っていくかもね」

ズコ、ズコッと、体重かけて嵌め落とされるように、上から肉棒が槍のように突き刺さってくる。

「あぁうあうぅぅ、は、入るぅ……深いぃ……や、め、てっ……抜いてぇ……」

亀頭が結菜の肉壁にズニュルッとこすれていく。秀樹の剛棒は膣口から子宮口までの間を激しく前後に行き来した。

「ぎゃうっ、あうーん……し、しちゃ、いやぁぁっ……太いのっ、そ、そんなにはぁ！」

「うおっ、襞襞がわかるぞ……結奈ちゃんのオマ×コの嵌め心地、むおぁぁ、い、いい……先っぽで感じるぞぉ」

「あうあぁぁあぁあっ……だ、だめぇぇーっ！」

卑猥に言われて、結菜も秀樹の肉棒を胎内の肉壁で嫌というほど味わっていく。

先っぽの亀頭がズン、ズンと、子宮口と行き止まりの膣底にぶち当たって、押し上げてくる。それはもう止めることはできない。

「むおぉぉ、とにかく少女は狭い、小さいっ、オマ×コがぁ。うはははは」

「い、いやぁぁぁ」

「それに、うぐっ、結菜ちゃんの少女の肉壁は、意外に襞々が揃ってて……おぉぉっ、イキそうだ」

おぞましい声。結菜はもうわかっている。将来赤ちゃんができる生殖の子袋とその入り口に、ドバッと近親相姦の種汁を出されてしまうのだ。

「少女ぉ、だ、出すっ……ぐおっ、×学生っ、おうむおぉぉっ！」

ドビュビュッ、ドピュッ、ジュビュッ……ビジュルッ。

「うわぁあン、熱いのがぁ！　いやぁぁぁ……はぐぅぅ、あぅぅ、はぁうぐぅぅっ……」

ズン、ズンと上から肉棒を落とされ、深く嵌め込まれて、亀頭が子宮口をつぶしたとき、熱液がドビュッと出たのを結菜ははっきりと感じた。

膣肉、子宮口にまったりの液汁が、これでもかと吐精された。

ズルンと、まだ硬い肉棒が抜き取られた。

結菜は胎内に射精してきたペニスが、ブラブラと揺れて、まだヒクついている卑猥さを眼に焼きつける羽目《はめ》になった。

「おおらぁ、結菜ちゃんの、あ、穴から、むっふふふ、出てくる出てくる、ほーら、ドロッとぉ」

「い、いやぁ、いやぁぁぁ……」

結菜はわかっている。ガバッと開いた股間のど真ん中のお穴から、出てきているものが何なのか。胎内からいくらでも垂れ漏れてくる熱い粘汁の感触を今、濃厚な恥辱と快感と後ろ暗さの興奮の中で噛みしめていた。

今日は日曜日。結菜は今、秀樹の寝室にいる。

結菜の母親が短大のクラス会に出席して、家にいるのは結菜と秀樹と隼の三人だった。結菜は母親がいないのをいいことに秀樹の部屋に連れてこられた。

昨日激しく犯されたばかりだというのに、早くも秀樹や隼にとってチャンス到来となり、結菜は二日続けて性の生き地獄を見ることになった。

(うあぁ、あぅ、もう普通の×学生とはまったく違う女の子になっちゃった。恥ずかしい、いやらしい女の子に。もう、元に戻れないのぉ?)

結菜はつらい思いで自問した。すでにどんなポーズを取れば秀樹が喜ぶかわかっている。ポーズを取らされるとき、抵抗するとつらいだけのような気がするので、自然に自分からその格好になっていく。隼に対しても同様である。

「いやぁぁ、二人がかりでなんてぇ」

まさかという事態になっている。狼狽する結菜だが、二人同時に性的なイタズラ行為を受けると、どうなってしまうのか、想像するだに恐ろしい。

すでに全裸に剝き上げられて、ダブルベッドの上にちょこんと座らされていた。

秀樹の部屋には隼の存在もあった。ベッドのそばに立って、じっとりした眼差しで結菜を見つめている。

「パパがクリトリスをいじるから、隼は乳首をいじったり舐めたりしろ」

「うん、わかった。面白そう」

父子の会話はおぞましい。血は争えないという言葉が不気味によく当てはまる二人である。

「二人同時にするなんて、だめぇぇ！」

想像していたこととはいえ、いざ秀樹と隼の父子が二人並んで迫ってくると、×学生の少女にすぎない結菜は戦慄《せんりつ》してしまう。

「脚を大きく拡げちゃおう」

「あぁぁ、ショーツまで取られてるのにぃ、あ、脚を……い、いやぁぁ……」

大股開きを促された。大人二人がかりでは、もう観念してしまう結菜である。まもなく自ら開脚していった。

「脚を開いただけで、花びらもポカァと開いたな」

秀樹が言うが、実際恥裂が口を開けてきた。それは結菜も感覚でわかる。

(あぁ、アソコ、見られてる！　女の子の、いやっ、ビラッとしてるのもぉ)

これまで性器は嫌というほど見られてきたが、それに慣れて恥ずかしくないなどということはありえない。今、小陰唇が開いて、膣穴と尿道口とクリトリスの性器全体が毒親、毒兄の眼前で露出した。

仰向けに寝かされて、秀樹に肉芽をいじられ、隼に乳首を舐められたが、もうそれだけで結菜は恥じらいの悲鳴と喘ぎ声を披露した。

ただ、二人の毒父子は、まもなく結菜を四つん這いのバックポーズへ移行させた。

何かいじめ方の予定があるのではないかと、結菜は勘ぐって恐くなってきた。

ダブルベッドの上で両肘をついて、上半身が下がっているから、お尻がやや高くなっている。そんな格好を背後から見られたら本当に恥ずかしい。

「あぁああっ、そんな、そこは！　はぁう、あぁっ、はぁあうーっ！」

後ろから隼に恥裂を舌先でチロチロ舐められた。

やっぱり舌でオマ×コを舐められると感じすぎる。まだ心の準備ができていないとき、いきなり膣もクリちゃんも舐められたりしたら、わなないてしまう。

悶えるほど感じて、後ろを振り返った。すると、ほくそ笑んでいるような秀樹と眼が合った。

秀樹は結菜の前に来た。お尻の向こうでは隼が指を幼膣に入れたところで、グジュ、グジュッと膣襞を掻き回してくる。そのとき、秀樹の指で顎をひょいと掬《すく》って上げさせられた。

顔をじっと真正面から見られた。秀樹はときどきじっくり恥じらいの様子を表情を見て確認したりする。それは結菜にとって飼い馴らしのような効果があった。

結菜は屈辱感が高まって、思わず涙がポロリとこぼれた。

「ほら、乳首がぴょこんと立ってるじゃないか。さあ、パパのチ×ポも立たせておくれ」

結菜は秀樹に乳首を指で転がされたあと、手を引っ張られてブリーフの上からだが、硬い肉棒の感触がはっきりわかるくらいそれを握らされた。どうしてもその命令に負けて、おチ×ポをしっかり握ってしまう。

結菜の手に、亀頭と肉棒の形がはっきりと伝わってきた。やがてブリーフの穴から秀樹の生の勃起がヌッと姿を現した。

結菜はしばらく隼に秘部を玩弄されたり、秀樹の肉棒を揉まされていたが、ふと思いつくように秀樹が隣の書斎に行って何か持って戻ってきた。

秀樹の会社が取り扱う雑貨の中に、あまり大っぴらにできない大人の玩具があった。そのグッズの一つにナースコスチュームがあった。

「Sサイズのピンクのナース服だよ。結菜ちゃんにピッタリじゃないかな」

秀樹が手にしているのはナースの白衣で、色はどこかいかがわしいようなピンクだった。

「パパ、いいもの持ってるね。結菜ちゃん、可愛くなるよ。たぶん似合うと思う」

隼は笑顔で言っている。どうせアダルトグッズで、エッチな行為をするための制服なのだ。ニコニコして軽いことを言っている。その気持ちが理解できない結菜だった。

（あぁ、いやぁ、またそんなものを着せられて辱められる。身体にイタズラされちゃうんだわ……）

そう思うと、やるせなくなる。卑猥なことをされるのはもうわかりきっている。

「いやよ、こんなピンクのナース服」

結菜は嫌がるが、秀樹は女の子はコスプレが好きなはずだと言って、ピンクナースを無理やり着せられた。

ベッドの上で四つん這いにさせられて、ゆっくりナース服のすそを捲り上げられた。

「やぁン、見えちゃう」

羞恥に身を揉んだ。ナースのコスでやられると、何か普通のスカートのときより恥ずかしい。

パンティをさっと下ろされて、丸っこいお尻が露《あらわ》になった。

「あぁ、こんなことするために、ナースの格好させて……スケベ！」

恥ずかしさが込み上げてきた。

「うわ、お尻丸出しの美少女ナース。ち×こ、ピンとなっちゃう」

隼がまた軽い感じでスケベな台詞を吐いた。

そんな息子のそばで、秀樹はさらに異様なものを持っていた。

「えっ、な、何っ？」

秀樹はキラッと光る十五、六センチくらいのステンレスの棒を手にしていた。金属の棒で何をする気？　と疑うが、結菜はすぐにピンと来た。それは医療器具で、お尻の穴か膣に入れるえげつない道具なのだと。

「そ、そんなもの……いやぁっ！　恐いぃ」

秀樹がお尻の穴を見ているとわかって、鉗子《かんし》を持っている目的は想像がついた。

左手の親指が肛門のすぐ横にぐっと食い込んだ。

尻たぶを握られて柔らかい尻溝が横へ引っ張られ、穴がわずかに口を開けそうになる。

急にヌルヌルと軟膏を肛門に塗り込められた。

「やだぁ、そ、そんなところぉ、しないでっ」

ステンレスの長い鉗子が結菜の肛門にブスリと挿入された。

「ひゃあぁうっ。いやぁぁぁーっ、だめぇ、抜いてぇ！」

肛門に突き立てられて、思わず括約筋が反射でギュッと締まった。鉗子は挿入されていくと、一瞬止まってからまたズブッと深く肛門の奥へと入っていった。

「あンひぃぃ」

結菜は肛門から直腸へとヌニュルッと侵入していく鉗子に、涙を呑んだ。

グイッ……ヌニュッ……。

まだ少女なのに、敏感なお尻の中の粘膜を卑猥にえぐられて、結菜は顔を上げて前を向き、眼をカッと見開いた。

「だ、だめぇぇぇ！」

結菜は初めてＳＭプレイをされる×学生の少女の哀切な啼き声を披露した。

男をドキリとさせて無言にさせる、生唾をごくりと呑ませる少女性いじめだった。

「うわぁ、お尻の穴に……おぉぉ、入ってる」

隼の陶然として見ている眼差しは、結菜にとって恥辱と妖しい被虐の意識だった。

鉗子を扱う秀樹は力は入れていないので痛くはなく、結菜は肛門の快感と直腸内の不気味な刺激と強い羞恥に翻弄されていく。

硬質なステンレスの鉗子は、秀樹の手でゆっくり出し入れされはじめた。

「あ、あぁあああっ……」

金属鉗子でお尻を刺激されても、それほど強い快感があるわけではない。それでもピンクナースの姿で、お尻にいやらしいイタズラをされて、羞恥と屈辱、快感を味わされる。それこそが観念してきている結菜の少女マゾヒズムとも言える秘められた子供の官能快感だった。

「隼、もう一度結菜ちゃんのオマ×コを感じさせてやれ」

「パパ、僕、興奮するよ。受験勉強の合間のストレス解消にもなると思う」

隼の言葉は結菜にとって許せない思いになった。でも、とんでもない恥ずかしさを受け入れてしまって、母親の無理解があるとはいえ、性的イタズラ行為、そしてほぼ無理やりのセックスとなって、×学生なのにイクーッとわなないた。絶頂快感で身も心も弾け飛んで、淫らな少女として生まれ変わりつつあるのが今の結菜だった。

秀樹に言われた隼は指に唾をつけて、結菜の肉芽を摩擦し、揉み込んでいく。

「あぁーう、あぁぁ、か、感じるぅ。だめぇっ、そんなことぉ……。エッチな棒を、お、お尻から、抜いてぇ！」

お尻の穴いじめとクリトリスの玩弄が重なって、結菜はその恥辱感と快感が合わさった一種の幸福感で舞い上がっている。

それは秀樹もわかっているようで、「ほら、高まっていけ」そう言って煽ってくる。

その煽りも結菜は心にキュンと来て、羞恥心はあるものの快感にもつながっていく。

「あふぅぅぅぅーん！」

と、鼻腔に響く可愛い喘ぎを、その小さな口から奏でてセックスアピールした。

「隼、検査棒を頼む」

秀樹が鉗子を隼に渡した。自分は結菜の顔のほうに回って、あろうことか、ヌイッと勃起そのものを愛らしい口の前に聳えさせた。

結菜はブリーフの穴から出していた秀樹の肉棒を目《ま》の当たりにしている。

「先っぽをまず舐めてもらおう」

ペロペロと舐めていく。

「ああ、あぁあああ」

バックポーズで片手で何とか目の前にあるチ×ポを握って、舐めさせられている結菜は、フェラチオという言葉はもう聞かされて知っている。

秀樹が寝室のサイドテーブルの引き出しから手のひらサイズの小さなビデオカメラを出して隼に渡した。隼に結菜をビデオカメラで撮るように言うと、隼はちょっと嫌がったが、カメラを結菜に向けて撮りはじめた。渡された鉗子はそばに置いてしまった。

「うあぁ、と、撮るのぉ？　やーん」

もうおチ×ポ咥えさせられるのは仕方がないと諦めている。でもビデオに撮られるなんて恥ずかしい。

目の前の亀頭を見てちらっとビデオカメラのほうを見てしまう。その顔も今撮られている。そう思うと、もうカメラ目線になって撮られるのが恐くなって、横から撮られるに任せて、もう無心で亀頭を口に含むだけだった。今にも涙が溢れてきそうになる。

「下から舐め上げるんだ。べろべろっと、ほら、ちゃんと舐めるんだ」

髪まで摑まれて大きな声で命令されると、ちょっと泣きそうになる。でも抵抗する気持ちもなくなって、べろんべろん、じゅるっとおチ×ポを舐め上げていく。秀樹の太い棒は上下にブルンブルンと動いた。そこを隼にビデオカメラで撮影されてしまった。

「よしそうだ、そこでパクッと咥えろ」

「ああっ」

秀樹の肉棒が結菜にとってサイズが大きいので、口を大きくあんぐり開けて、言われたとおりパクッと食らいついた。

命令の言葉が心に刺さって、結菜は思わずおチ×ポを口に入れていた。

「ジュッと吸って、口の中でネロネロと舐めるんだ。うははは」

秀樹は自分で命令しておいて笑った。そんな秀樹が心底嫌いになる。

そのとき、激しい鈍痛が幼膣の小さな穴を襲った。

「あぎゃあぁあぁあうぅ！」

隼の勃起が見事にズボッと、もうほとんど根元に近いところまで嵌っていたのだ。結菜をカメラで撮ってばかりはいなかった。

尻高な四つん這いのバックから肉棒を挿入されて、結菜は悲鳴をあげて身体が伸び上がった。

やる側の隼も疲労するかもしれないが、角度の卑猥さ猥褻感が強い。肉棒をズボッと急角度で落とす。ズブゥと引いていって亀頭が少し膣から出てきてちょうど埋まっているくらいのところで止めた。

「はぐぐ、あうーっ」

勃起をズブズブとゆっくり入れられて、また出され、もうまったく眼を開けられない。顔は引き攣り、眉がつらく歪んで、表情が完全に変わってしまっている。

そのあと秀樹に頭を抱えられて、ズッポリとペニスを口に含まされ、喉までチ×ポの先の亀頭がズヌヌと入って当たってきた。

ゴホゴホと少女らしくなく嗚咽《おえつ》の声と咳き込む声を出して、べちょっと唾まで垂れてしまった。

「頭を動かして、ズボズボフェラチオするんだ」

「ひぃーっ」

言っていることは理解できた。チ×ポを口に含んでおいて、顔を前後にまっすぐ動かすと、それは肉棒を口で摩擦することになる。が、同時にお尻の向こうからは、隼がオマ×コにズンズン嵌めてくるのだ。

「ほーら」

と、隼は言って、ドキッとしていたら、後ろから尻肉を掴まれて、激しく突き犯された。

「あひ、ひぃ、あああっ、ひぃぃぃぃーっ！」

男の二本の勃起したおチ×ポが前から後ろから入ってきた。幼膣の穴とお口の穴に、凶暴な大人のペニスがプンとイカくさい匂いを発して、ズボズボと繰り返しピストンしてくる。強烈に出し入れされて、嵌め犯されていく。

バックから肉棒をズボズボ嵌められて、そのあと、「じゃあ代わろうか」と秀樹が自分の息子に言う声が聞こえた。

「パパにもやらせろ。嵌めさせろ」

隼の肉棒の次に、秀樹の勃起ペニスが襲いかかってきた。

「だめぇぇっ」

二人に代わるがわる犯されていく結菜は、拒絶の声を披露したが、もう身体全体を蹂躙された性虐待の幼い肉と化してしまっていた。結菜はぐるっとまるで何かの荷物のように身体を表へ反されて、正常位にさせられた。父子ともビデオカメラも検査棒の鉗子も忘れて、本来の少女へのイタズラ、エロの悦虐に没頭していく。

結菜は秀樹に太腿を手で強く押され、のしかかられている。

大股開きでもある。その大股開きの濡れ濡れの幼膣に、秀樹は手を使わずにペニスの先っぽを腰だけ使って押しつけてくる。

楽しみながら亀頭をグッと、マ×コの穴に侵入させようとした。

「だめぇーっ、あぁぁ、やだぁぁ」

そんなやり方に結菜は心が傷ついて、泣き声交じりの抗いの声を何とか頑張って披露した。

チ×ポの二本目が入ってくるおぞましさは結菜を涙ぐませた。セックスは本当に好きな人とだけしたいと思っていたのに、×学校高学年で一度に二人、幼膣の穴にペニスが二本だなんて。

ズブッと血のつながりのない父親の亀頭が膣口に埋まってきて、そして肉棒の半分まで結菜の身体の中に、ズボッと入れられたときに、とうとうわっと声をあげて泣きだしてしまった。

さらに、泣いたにもかかわらず、秀樹はチ×ポの快感の勢いが止まらないのか、腰を入れてきて、ズン、ズボッと根元まで結菜の少女膣深く犯してきた。

「あぎゃあっ、あいぃぃ、やめてぇ、だめぇぇ、抜いて、いやいやぁ、しないでっ！」

結菜はかなり激しく抗《あらが》った。穴の奥、胎内の一番奥の奥まで、毒親の義父のペニスで犯されてしまい、その心の傷と子宮口への亀頭の衝突のおぞましい感触と、小陰唇が肉棒の硬い茎でぐじゃっとこすられてやられた痛み、その全部が結菜の脳内で合体した。

「しないでったらぁ、大人二人で、太いのでっ、うあぁぁ、犯したら、もう女の子としてダメになるぅ！」

わなないて最大限の×学生の少女の抗議となって、毒親も毒兄も刹那沈黙した。

「むほ……じゃあ、ちょっとフェラチオと指で穴ぽこをくじるのとだけにしようか」

秀樹がそう言って、バックから指で幼穴と肉襞をいじり抜き、息子の隼が可愛いお口でフェラさせて、ジュポ、ジュッと、亀頭を舐めしゃぶらせた。

「うわぁうぅ……」

もうわめかなかったが、哀切な呻きと喘ぎが花のような綺麗で清潔なお口から奏でられて、邪悪な親子二人とも、ペニスがピンピン立ちの大満足となった。

「むおぉ、カウパーのヌルヌルが出たぁ」

結菜は知らない言葉だったが、秀樹が自分の肉棒の先っぽをいじって、そのヌルヌルと思われる液をおしっこの穴から指で糸を引いて出しているのを見た。カウパーというのがそれで、ペニスの快感で満足なんだとわかって、おぞましい気持ちになった。

お口で隼のおチ×ポを嫌々ながら舐めしゃぶっていると、秀樹に今度は脚を摑まれて、足首に肉棒をこすりつけられていった。

ヌルッ、ジュッ……と、そのカウパーという粘液を足の甲になしりつけられて、また「いやぁあン！　それ、ヌルッとして、いやぁぁーっ」と、かん高い声でわなないた。

「少女の足は可愛くてエロだな。もう足首を握った心地だけでも興奮する。ビンッと立つっ」

秀樹はそう言うが、今、手で握るどころか、肉棒の亀頭をじっくり×年生の少女の足の甲にこすりつけて満足したのだった。

「チ×ポのね、先っぽ……むふっ、そこから精液の前に出る液が、女のマ×コの穴にズルンと滑って嵌りやすくするための先走りの液が、カウパーね。これ、パパのこと」

やに下がった顔をして、緊張している結菜に教え、尿道口のヌルヌルを顔のそばまで亀頭を近づけていって見せた。

「いやっ、見たくないっ」

結菜は嫌悪して顔をそむけた。だが、秀樹は手で肉棒をしっかり持って、パンパンに張った亀頭を結菜の顔に押しつけた。

「やだぁぁ！」

結菜は虫唾《むしず》が走って首を振りたくったが、カウパー腺液は結菜のふっくらした愛らしい頬にねちゃっとついてしまった。

「うおぉ、な、舐めろ」

勃起をギュッと握って充血させて、結菜の口にズブッと入れた。

「ふむぅぅ、あうむぅぐっ」

結菜はヌルヌルの感触を伴った亀頭を口の中で味わった。秀樹は「おおっ」と快感が強いらしく、それを見て興奮したのか、隼が結菜の幼膣の襞襞を両手の指で掻き分けるようにいじり抜いた。

「あぁあああっ、し、したら、だめぇぇ！」

結菜は恥辱に泣かされながら、叫ぶが、どす黒い父子に再度、口とオマ×コで前のほうからと後ろから身体を挟む形で性玩弄を受けはじめた。

バックポーズで、口に秀樹の肉棒、幼膣に隼の肉棒が襲ってくる。後ろからズンと来て、前からもズボッ、じゅぼっと口に入れてくる。口の音がマ×コの音より卑猥だった。

やがて、場所を代わって、結菜は幼膣に秀樹の勃起をズブズブと挿入されていった。

「あぁぐぅぅ、あぁあああーうっ！」

少女の狭隘な膣に大人の肉棒がギシッといっぱいになるまで犯して突っ込まれた。

「毛の生えた根元まで、ほら、入ったぁ」

「ひぐぅぅ、抜いてぇ……破れるぅ」

結菜は胎内の肉壁が伸びて、奥底の子宮が捻じ曲げられる感覚を受けている。それでもこれまで愛撫されてきた快感がジワリと染みてきている。

快感もその愛液もひねり出されて、ピンクの膣口、突起した肉芽、ビラビラッと可愛くはみ出す小陰唇がじっくり料理されていく。

泣きながらも、ジュクッと濡れて、穴が潤い、犯されて膣壁が拡張されても、まだ愛液が出てきてしまう。

お口の快感も強い。結菜の唇もベロも、チ×ポの肉茎とプリプリ張った亀頭の感触で感じさせられて舞い上がる。羞恥とドキドキさせられる刺激で、やっぱり女の子の性《さが》として恥ずかしい悦びが芽生えてしまった。

「はンあぅぅぅ、あふぅぅ、ママァ!」

思わずママと声をあげてしまった。子宮、膣底の壁がグニュッと硬い肉棒で押し上げられるのを感じて思わず声になって出た。本当は義父とその息子の前で、ママと叫びたくなかった。

ママの一言が少々熱を冷ます働きになってしまったらしく、嵐が過ぎ去ったあとのような静けさが刹那訪れた。

秀樹が手のひらで四つん這いのポーズが崩れた結菜の背中をさすっている。お尻の美しい丸みラインも撫でて愛でる。

「結菜ちゃん、ほら、もうわかってるだろう？」

秀樹がようやく硬さを取り戻した肉棒を結菜の唇に接近させた。改めてフェラチオさせようというのだが、結菜はなかなか口を開かなかった。

「さあ」

急《せ》かされて、ようやくポカァと口を開けて、白い歯とピンクの舌を見せた。

「あむぅ、あうぐむぅぅぅ……」

鼻にかかる声は×学生の美少女のエロスをよく表していた。

結菜は太い大人のチ×ポの棒を、大きく口を開けて咥える淫らさと愛らしさを花開かせた。

後ろでは、隼が「おぉぉ」と唸りつつ、鉗子を肛門で出し入れし、同時に指で陰核を摩擦していた。

結菜はビクンと、腰に引き攣れを来《きた》しながら、胡乱《うろん》な眼で秀樹の勃起を舐めしゃぶり、白肌をピンク色に火照らせていく。

「あふぅ、あうぅぅーん、うンむくぅぅぅーっ！」

結菜は今、お尻の穴とお口が一直線につながっている。淫らな性いじめで少女の快感マゾヒズムが花開いた。

「むぐふぅっ……イグ、だ、め、ぇぇ……イクゥ！　はうぅっ！　イク、イグゥ、イクイクゥゥゥーッ！」

ビク、ビクン、ビクビクン……と、百四十五センチの全裸体が痙攣した。丸々とした桃尻から、ピンと立った乳首、可愛いお顔のすべてが淫らな幸福感で震えおののいた。

結菜は肛門と膣口が快感で開いたまま、昇天していった。

結菜が淫らで幸福なアクメに達し、愛液まみれで蕩けたあと、秀樹はまだまだ許さないとばかり、十二センチくらいの中程度のバイブレータを持って結菜に迫っていた。

「あぁ、そ、それ……エッチな道具でしょ。あぁ、形が、おチ×ポの棒だもん」

結菜はそれが膣に入れる道具だと直感的にわかった。スケベな大人が使う大人の玩具はそういうものに決まっているからで、そのバイブは立ったおチ×ポよりは細いが、指よりずっと太くて恐かった。

「さあ、自分の指で割れ目を拡げてごらん」

「ええっ」

そんなこと恥ずかしくて、できない。

「それ、やだっ、い、入れないでぇ」

恥ずかしくても、そう口走ってしまう。

「自分の指でオマ×コをポカァと開いて」

「うわぁぁ」

異常なことを求められて、一種のショックで腰がカクッと変な揺れを起こした。自分の指で開かせて恥じらわせる企みを感じる。

「できないなら、さあ、脚を上げて。ほーら、こうやって」

両脚を上げさせられて、身体のほうに倒された。またまんぐり返しの体位だった。

結菜が自分の指でやらないので、ふんと鼻で笑って、人差し指と親指でぐっと力を入れられて、小陰唇ごと割れ目を大きく広げられた。

「い、痛ぁぁ……あぁぁぁーん！」

指の力が強くて、小陰唇が左右に目いっぱい拡げられ、幼穴もピンクの口を大きく開けるかたちになった。

「さあさあ、自分の指で、両手で横にぐっと引っ張って。女の子のど真ん中を見せて」

「ひいっ」

もう軽いまんぐり返しになっている。結菜は秀樹の手でやられて痛かったので、仕方なく自分の指で左右から大陰唇を開いていった。

「ぐふっ、襞がベロッと飛び出してる」

何を言われたかわかる。小陰唇のことだ。それが外へ突き出す格好なのがわかる。自分の感触で見なくてもわかった。

秀樹がバイブをググッと惨く結菜のオマ×コに押しつけて、穴を割り拡げ、胎内にねじり込もうとした。

「痛くないように、さあ、オマ×コの穴を、ほらほら、自分の手で、指でぐっと開いて」

「うあぁぁ、は、はいっ」

結局、結菜は太いゴムの棒のバイブレータを挿入するため、自分の指で恥裂を開かされた。

スイッチが入れられて、ブーンという隠微な振動音が結菜の耳に入ってきた。

鈍く唸って振動するバイブが、結菜が開いた割れ目の中で突起したクリトリスに当てられた。

「はぁあああっ、ああああっ！」

結菜は快感のあまり、のけ反って腰もガクガク震えた。

（いやぁン、大人のおもちゃ、す、すごいぃ）

口に出しては言えない気持ちよさだった。

バイブがブーンと音を立てながら肉芽に当てられつづけた。

「あぁあああああっ！」

異常なほどキューンと快感が発生して、それほど強い振動ではなかったが、初めて経験する新鮮な刺激が効いてしまった。

「あンひぃぃぃい、あっあぁああうぅーん！」

恥ずかしいわななきを披露して、全身でその卑猥な悦びをアピールしていく。

結菜は顎がクッと上がって、口が開いてしまい、その感じた顔をじっくりと間近から見られながら、さらにバイブで感じさせられていく。

バイブの先端は見えないが、持っている手が見えて、ブイィーンと隠微な振動音が耳を汚していく。

「うンぎゅうぅう、来るぅぅ——」

バイブは次に幼膣の奥底までズブズブッと挿入された。

大人の玩具は子宮近くまで挿入されて、鈍い音とともに振動していく。

「はぁあうぅぅっ！　ひぐぐぅっ……許してぇぇ……」

結菜は今まで感じたことのない快感に襲われた。

「ほら、感じた。むふふ、のけ反っちゃって」

バイブレーターで膣内をズボズボとピストンされていく。

「むふふ、このバイブ、恐くない、恐くない。オマ×コの穴が緩くなるように、少しずつ入れていくから大丈夫。ほらゆっくり入ってく。ほら、痛くないだろ。ふふふふ」

「はうーん、だ、だめぇぇ……そんなエッチな玩具でされてる×学生なんていないわ」

バイブは巨大ではないが、振動が激しく、膣全体とクリトリスまで響いていく。膣に入れられてビンビンに電動をかけられると、お尻の穴まで響いてきた。

「うンはぁっ、感じ……るっ、だめぇっ！　ひゃあぁぁ、あひぃぃっ！」

快感が恥辱の声になってほとばしり、腰がグラインドして、もう一回跳ね起きた。

そこからストンと落ちて「はぁうぅぅっ！」と啼いて、また華奢な腰骨が軋《きし》むほど、ビクン、ガクンと跳ねて落ちた。

バイブで淫膣の奥底を突かれるたび、「はうあぁっ」と大きく口を開けて喘ぎまくる。そのとき、肉棒が子宮に衝突していた。

またズボッと突っ込まれて、「あああっ」と、大きく口が開いて声を震わせた。背を反らせ、後ろを振り返る。

「うーん？　どうしたぁ。むふふふふ」

秀樹に何か聞かれるように、にやけた顔で眼を合わされて、結菜は煩悶の表情で首を振った。

バイブをゆっくり深く出し入れされた。

「あはぁぁぁ、あぁぁあうぅーっ」

「反応して、いい声出してる。×学生の少女なのにね」

「あン、くぅっ……あぁ、すぐそういうふうにぃ、言うの、い、いやぁぁ……あぁ、あふぅぅぅ」

「ほら、やらしい喘ぎ声を出して。セックス好きな大人と同じだ」

「あはうっ、うふぅん、言うのぉ？　大人に、あぁ、言われたら……もう！」

「もう、何だ？　さあ、こうすると。ほらぁ」

秀樹がバイブをズコッ、ズコッと幼い陰部で出し入れする。

「パパ、すごい。この子、トロンとした眼をして、もう、オマ×コ奴隷になってる」

隼も膣にズボズボとバイブが入る様子と結菜の顔を見て、そのように言い立て、蔑《さげす》みを含めてニヤッと笑った。

「やーん、大人の玩具で、オ、オマ……あぁ、オマ×コするの、うわぁ、見ないで。言わないでぇ」

結菜が恥じらいつつも、喘ぎはじめると、秀樹は見られているという恥辱を自覚させるためだろう。わざとオマ×コに顔を近づけて、バイブの挿入を見た。結菜の顔が羞恥と快感で歪むところをじっと見て、「ほーら、感じて愛液がいっぱいじゃないか」と囃《はや》すように言った。

結菜は秀樹に耳に息をふっと吹きかけられていく。隼が代わってバイブをズボッ、ズボッと、かなりの速度で出し入れした。

「あンひゃあっ、それ、もう、だめぇっ、イクからぁ、しないでぇ！」

結菜は秀樹たち父子の卑猥ないじめのやり方に恥辱を感じつつも、興奮と快感に負けていった。

「うひ、ひひひひ」

秀樹がまたわざとらしく下品に笑い、結菜の白い貝殻のような可愛い耳をわざと大げさにベロンと舌で舐め上げた。

ブチュッと唇にキスされて、虫唾が走る結菜である。犯されていても、キスは本当に好きな人にだけさせたいと思う気持ちがあった。

秀樹はまたベロンと耳も首も舐めようとしたが、舌が届かずに、頬を舐めてきた。

ブウゥゥーン、ブイィィーン……。

猥褻なバイブレーションは少女には強烈すぎた。特に邪悪な父子が陰険に犯すわけだから、まだお乳が膨らみかけて間もない少女はひとたまりもない。確実にセックスとイタズラ被虐のペットになっていく。

「あぐぅぅ、あぁあン、いやっ、くぅぅぅぅーっ」

結菜は身悶えて、自分のオマ×コが自分のものでないように感じてしまうくらいになっている。バイブがズコズコと入って、横に膣口を拡げられた感じ、そしてブゥゥーンと凄まじく強い振動なので、もう死にそうな気持ちになるくらいの快感と激しい刺激と落とされ感が強かった。

膣肉の拡張感は痛いけれど、その痛みよりも快感のほうが強く、ぽろぽろと涙がこぼれてきた。嫌がりながら、痛がりながらも快感で、卑猥な幸福感にズブズブ嵌り込んでいった。

結菜の幼い膣粘膜と肉芽の突起はバイブ性感にほぼ支配されたようで、括約筋が締まりまくってその結果愛液が太腿まで垂れていった。

「結菜ちゃん、イケナイ娘だねぇ、初めてのバイブでこんなに燃えて」

「だってぇ、二人がかりで言うこと聞かせて……いっぱいして、全部されたからぁ」

「いやいや、まだしてないことたくさんあるよ。お尻の穴のセックス、浣腸ぉ、むぐふふふ、縛りとか、いっぱいあるよ」

「うわぁ、そ、そんなことぉ……だめぇ、めちゃめちゃになるぅ。死ぬぅ」

秀樹は指に唾をべっとりつけて、今言ったことの一部を実行しようとした。

「えっ……あぁっ、そこ、いやぁっ！」

結菜はヌニュッと肛門に指一本、深く一気に挿入された。

「だ、だめぇぇぇーっ」

結菜は少女として肛門にイタズラの指挿入を実行されると、「だめぇっ」と、激しく心の奥底から叫び声をあげた。

たまらず身体が伸びきり、硬直し、お尻の穴が切なく締まってきた。

バイブで膣とクリを激しく感じさせられて、同時にセピア色の皺穴内部の敏感粘膜を指で犯して摩擦された。

「りょ、両方ともぉ……そんなぁ、あああっ、ヒグ、イグゥ。イクイクゥゥーッ！」

結菜は嗚咽して、あっという間に絶頂に達していった。

「さーて、これから、パパと隼の二人で、代わるがわる結菜ちゃんの可愛い穴を大きく拡げていくよ」

「ああっ」

バイブ絶頂の快感で蕩けてしまった結菜は、不吉な言葉を吐きかけられて、幼膣の括約筋がクイクイ締まるのを感じていた。

第六章　美少女エネマ調教

結菜は秀樹の会社の事務所の机の上にいた。

真新しい大きなデスクで、部屋の周囲には背の高いスチールラックがひしめき合って、その一段一段の棚に段ボール箱が詰めて置かれていた。中にはさまざまな商品が保管されているようだった。

「あぁ、も、もう、こんなこと、いやぁぁ……」

わざわざ事務所に連れてこられて、しかも机に上がらされて、いったい何をするつもりなのか……。しかしそれは結菜にはある程度見当はついている。なぜなら、結菜の状態がスリット付きのレースのショーツを穿いただけの裸だったからである。

しかも、両手を後ろ手縛りにされ、脛《すね》から腿にかけて脚を曲げたまま、麻縄でぐるぐる巻いて縛られて固定されている。左右の脚を閉じて股間を隠すことはできないことはないが、やや難儀で股間は覗かれやすい。もちろん歩いて移動などできない。縛られたのはこれで二度目で、最初は荷造りの紐で後ろ手に両手首を縛り合わされた。脚は縛られなかった。今回は、手も脚も縛られて完全に自由が奪われている。

ショーツは素材が白の総レース。クロッチには縦に長いスリットが入っている。スリットにはブルーの縁があしらわれていて、特に目立っている。恥裂が注目されやすいような大きなスリットだった。お尻のほうはフルバックである。

「結菜ちゃん、今日は誰も来ないから、親子水入らずで、たっぷり楽しもうね」

「うあぁ、おかしな言い方するぅ。あぁ、またビデオに撮るのぉ？　もう撮らなくていいわ。恥ずかしい映像はあなただって映ってしまうでしょう」

秀樹は結菜を映像に収めようとしていた。前にも撮られているが、今回もビデオカメラを三脚に取り付けて、机の上の結菜にレンズを向けている。結菜が言うように、秀樹自身も映ってしまうが、個人的に見て楽しむだけだから問題ないと思っているらしい。

「ほーら、窓があるから、外から見えるかもしれないよ」

「えっ、見えるのぉ？」

結菜は驚いて、秀樹が言う方向を見た。庭の中だけで外の道路などは見えなかった。

「大丈夫、植え込みでほぼ見えない。ひょっとしたら見られるかもしれないというくらい」

「それが、いやぁ」

結菜はやっぱり不安になる。何のつもりなのか、恥じらわせておきたいという趣味なのか。結菜はそんな何をするか予測がつかない秀樹に恐さを感じる。

それに、社員の人は誰も来ないのか、休日だからといって本当に大丈夫なのかも不安だった。

ただ、それは秀樹のほうがばれたら大変なのだからちゃんと考えているはずで、いちおう大丈夫なのだろう。結菜はそう自分に言い聞かせた。

今日、隼は予備校で行われる試験で今の時間帰ってこないことがわかっている。結菜の母親が急に親戚に不幸があって葬式に出るので家を空けると聞いて、秀樹は今がチャンスだと思ったらしい。

「股間がスリットになって、ほーら、いやらしい覗け方して。脚も縛られて可愛くなってるよ」

「いやっ、辱《はずかし》めて楽しむんでしょう。ひどいわ」

パンティのスリットの部分を指差されて言われ、結菜は大きな愛くるしい瞳がウルウルしてくる。

「さてと……」

秀樹が何か考えがある様子で、ここへ来るとき肩に掛けていたショルダーバッグから何かの箱を出してきた。ビデオカメラも入れていたバッグだった。

長方形の箱の蓋を開けて中から取り出したもの、それは浣腸器だった。手の中に入ってすぐ握りつぶせるくらいの丸い容器から細長いノズルが伸びている。容器には浣腸液が入っていた。

「これ、ディスポーザブル浣腸器といって、携帯用ね。三十ｃｃの小さい浣腸器だからいいだろ？」

「えっ、何言ってるのぉ」

まさか浣腸するつもりじゃ？　結菜は細長いノズルを見て羞恥心をくすぐられるし、恐くなってくる。

結菜は前に浣腸を予告されていたことを思い出した。でも、まさか本当にやるとは思っていなかった。

「はい、浣腸開始！」

「ええっ」

狼狽《ろうばい》する結菜を尻目に、秀樹はまず三脚に取り付けてあったビデオカメラの録画ボタンを押した。それから、「さあ、結菜ちゃん」と思わせぶりに言って、ノズル付き浣腸器を手に迫ってきた。

「浣腸なんて、だめぇぇっ！」

血相を変えて叫び、縛られた手や脚を蠢《うごめ》かせて、大きな机の上を這って逃げようとした。

「だめだぞぉ」

秀樹はそう言って、結菜の腕を摑んだ。

結菜はノズルを肛門にプスッと刺すように入れられた。

「ああっ、いやーっ、されたくないっ、浣腸ぉ、いやぁっ！」

結菜は本気で嫌がって、叫び、もがいた。

秀樹は浣腸器の長いノズルを結菜の後ろの皺穴に入れただけで、にんまりと本当に楽しそうな笑みを見せた。

「うあぁぁ」

ノズルは結菜の肛門を貫いてきて、直腸まで十センチくらい挿入された。

恐くなって、自分のお尻のほうを首をひねって振り返る。

見ると、秀樹の手で透明な丸い容器が握りつぶされるところだった。

「やぁぁーん！」

冷たい浣腸液が直腸内にピューッと注入された。

「ほーら、三十ｃｃ。少しだからいいじゃない」

「いやぁっ、だめぇっ！」

「むふふふ、入った」

三十ｃｃは少ないなどということはない。子供には十分な量だった。

冷たい液を体内に注入された結菜は俄《にわ》かに狼狽《うろた》えてしまう。肛門を反射的にキュッと窄めた。

眼差しが凍えて、視線は虚空《こくう》を彷徨《さまよ》う。

浣腸されるのは生れて初めてだった。しかも、こんな恥ずかしい、いやらしいいじめのかたちでなんて。慌てふためく結菜である。

「浣腸嫌いな小さな女の子でもけっこうされてるよ。女は便秘がちだから」

「いやっ、便秘なんてしてないっ」

「予防のため、まずは三十ｃｃだ……」

一瞬、言っていることが理解できなかった。

(まずはって、まだ浣腸するつもりなの？)

直腸壁にグリセリン溶液が浸透しはじめた。早くも浣腸が効果を表している。

浣腸で悩乱している結菜の耳に、ブーンと鈍いバイブレータの音が入ってきた。秀樹がショルダーバッグからペニス型のバイブレータを出してスイッチを入れたのだった。

結菜は手足を縛られた身体をくねらせて運命に抗《あらが》おうとするが、ヌニュッとバイブ先端部が結菜の幼膣を侵した。

「うあぁ、やめてぇーっ」

浣腸しておいてなおかつバイブレータを挿入される。そんなことといやっ！　結菜は心の底から叫びたかった。

ズニュルッとバイブの半分まで幼膣内部へと没入させられた。

「はぁうぐ、あぁあうぅ！」

お尻の中がキューンと感じてしまっているのに、今、少女膣のいたいけな肉壁が割り拡げられて、ブイィン、ブイィーンと隠微な激しい振動が膣肉を震わせている。

ズヌヌと引かれ、ズボッと強めに突っ込まれる。

「うンふぁあうっ」

硬くて冷たい机の上で、白い肢体が前のめりになった。

お口がパクッと開いた切羽詰まる顔つきになって、顎が机に当たった。

「ぐふっ、ちょっと勢いがありすぎたかな？」

楽しそうに言われ、黒いつぶらな瞳から涙が溢れそうになる。

「だめぇ、いやぁぁ、それ、しないでぇ！」

ほとんど絶叫に近い声を可愛い小さな口から奏でた。

すでに繰り返し犯されて、幼膣や子宮に吐精されていても、少女にとって浣腸は極度に羞恥心を煽る行為である。

頭を下げて肘をつき、お尻が高く上がったので、結菜は緊張した。

「実はね、むふふふ、もう一つ浣腸器があるんだ」

秀樹はスチール棚にある段ボール箱から浣腸器が入っていると思われる箱を出してきた。

秀樹が持ってきた細長い箱が気になった。箱の蓋を開けて、逆さにしてストンと手に浣腸器を落とした。

「やーん、大きな浣腸器ぃ」

「いひひひ、たっぷり三百ｃｃお尻の穴から浣腸だ」

「だ、だめぇぇ」

結菜のお尻の奥の直腸壁はすでに三十ccの浣腸液で刺激されて、悶々と排泄欲が昂《たかぶ》ってきていた。さらにその十倍の三百cc浣腸器で浣腸されてしまう。

「うあぁ、大きい浣腸器、恐いぃ」

「大きいよ、三百cc浣腸器。むふふ、ショップに卸《おろ》す前のものだよ」

「いやぁ、こんな浣腸、だめぇぇ。やめて、やめてぇ」

結菜は悲しい声で哀願する。涙が頬を伝ってくる。

その大きな浣腸器を恐がって、戦々恐々とした眼で見ている。イヤイヤというように首を振るが、すでに注入された浣腸液が効いてもいて、顔の表情など悶々としている。

あらかじめ用意しておいたらしいが、秀樹はスチール棚から大きなガラスの丸い器とグリセリンの瓶を出してきて、結菜の前に置いた。

その器の中にグリセリン液を入れて、水で薄めていった。

緊縛された結菜の顔の前に、そのガラス製浣腸器を見せつけるように持ってきた。

「これで、浣腸ぉ」

「うあぁ、い、いやぁぁ」

浣腸器のピストンを手でもって前後させ、シュッ、シュッと空気を出して見せた。

「浣腸で少女は羞恥教育されて、奴隷になるんだ」

「ああっ」

とんでもないことを言われて、結菜は身体に電気を流されるような衝撃を受けた。言葉の表現は極端だが、もうその奴隷という言葉が身に迫ってくるところまで来ている。

「い、いやぁぁ、そんなこと、だめぇぇ」

リアルに何でも言うことを聞かされてしまうペットのようになる。浣腸と恥ずかしい排泄でそんな女の子になってしまう。そう思うと、ぞっとする。

秀樹が浣腸器でガラスの器のグリセリン液を吸い上げた。三百ccいっぱいに満たしていく。

とうとう浣腸器が結菜の後ろからお尻に迫ってきた。

「だめぇぇぇ……い、いやぁン！」

肛門にプスッと細長い嘴管《しかん》が挿入された。その感触でお尻のほうを振り返る。大きな浣腸器が見えて涙ぐむ。

ピューッと、一気に注入されていく。

「だ、だめぇぇーっ」

「ぐふふ、入ったぁ。はい、もう一本」

秀樹は平気な顔をして、また器の中のグリセリン液を浣腸器で吸い上げた。

さらに三百ｃｃ充塡《じゆうてん》した浣腸器が、結菜のまん丸いお尻に迫ってきた。

「いやっ、いやぁぁーっ」

机の上で腹這いになって、緊縛肢体を蠢かせ、這いずり回ろうとするが、身体は言うことを聞かない。

「だめなんだよ、むぐふふふ」

秀樹の指で、柔らかい尻たぶの真ん中がぐっと拡げられた。

肛門が出てくる。ニュッと硬い嘴管が差し込まれた。もう味わいたくない嘴管挿入の感触だ。

「そーれ」

ピューッと、浣腸液が結菜の直腸内に注入されていく。

「い、いや、いやぁーっ、入れちゃ、いやぁぁぁ！」

上体が起きてきて、眉を怒らせて前方だけ睨むように見る。

気持ちだけ浣腸を受け入れたくない状態で叫ぶ。

だが、冷たいグリセリン液は三百ｃｃ二回の六百ｃｃと最初の三十ｃｃが注腸されてしまった。

「もう入れないでっ、あぁあああぁーっ！」

冷たい浣腸液が直腸内に入ってきた。最初に入った浣腸液をぐっと押すかたちで入って、その圧迫感が腸壁を膨張させる。

「ふぐぅっ、あーう、浣腸はいやぁっ！　あっ、あっ、だめぇぇっ、あぐあぁあうぅう」

断末魔の呻《うめ》き声を漏らしていく。

白い小さな背中に深い溝をつくってのけ反った。

ぶるぶるっと尻を振って嫌がり、前に傾けていた上体を起こして、後ろを振り返る。

首を振りたくって、眼に涙を浮かべた。

「むぐふぅ、いっぱい入って、味わえ。うはは、一度可愛い少女にこれをやってみたかったんだ」

秀樹は本当に嬉しそうに言う。結菜はその顔を見て、少女にしては細い綺麗な眉を歪めて悔しそうに唇を噛んだ。大人が子供に対して言うことじゃない。異常としか言いようのないひどい性的いじめの発想だと結菜は憤《いきどお》る。

浣腸器の長いノズルは肛門の中に入ったままだ。もう全部浣腸してしまったのに何か楽しむようにまだ抜こうとしない。

「いやぁぁ、やーん、出るぅぅ」

嘆きと喘ぎの声を披露した。ガクガクッと肩が震え、肛門が強く締まる。

「だめだ、出すな。ふっふっふ、出ないように、むふふ、栓をする」

秀樹がバッグから先端が円すい形になったアヌス栓を出した。

「な、何なのぉ、それぇ？」

栓をすると言うが、どういうことなのか、結菜にはにわかにわからなかった。秀樹はその得体の知れない道具を結菜の顔の前に持ってきた。

「そ、そんなもので、お尻に栓をするっていうのぉ」

結菜はその硬いプラスチックの栓を見せられて悲鳴をあげそうになる。「いやぁン、入らないっ」と恐がるが、そもそも浣腸して苦しめていじめるために、お尻の穴に栓をするという発想自体が信じられない。

だが、秀樹に指で肛門を拡げられてアヌス栓を押しつけられた。

「うぐぅあっ」

その形は異様で、お尻の穴に入るように先が三角形にやや尖った大きな塊《かたまり》だった。

丸いつまみがあって。そのつまみを摑んでギュッと肛門に突っ込んでくる。

「いひひひ、まだ出させない」

「うわぁぁぁ、痛ぁぁ、だめぇぇーっ」

「それ、それ、それぇ」

「ウンぎゃあぁうぅぅ」

「たっぷり味わってもらうためにな。我慢するんだ」

強引に押して栓が肛門にズボッと入った。お尻の穴と直腸壁がグッと押されて、異物がいっぱいに収まった。

「あぁぁ、いやぁーっ」

結菜は一点をじっと見つめて忍耐する。

「少女の可愛い啼《な》き声は、ほんとにチ×ポが立つなあ」

「いやぁぁ、やめてぇ……」

ぞっとする言い方だった。しかも、ことさら破廉恥《はれんち》な言い方をしようとしている。

ただ、結菜は大人の男のいやらしいひどい気持ちがわかった。少女を性的にいじめておチ×ポをビンッと立てるどす黒い気持ちがもうわかるようになっていた。

たとえ愛する人であっても、快感、興奮というものがあって、それが強いほうがいいから、思いきり卑猥感のするやり方が好きになってしまうのだろう。だから浣腸なんてものは別としても、恋人同士でも表面的には似ているかもしれない。

あぁ、女の子に生まれたら辱められて感じさせられるのが一人前なのかもしれない。そう思うと今、羞恥と屈辱感が心を侵食してくる。でも、もうどうすることもできない。真っ裸にされてすべてを見られ、いじくりまわされて犯され、挙句の果てに浣腸されてしまったのだから。

「お、お尻の穴がぁ」

お尻に激痛が襲ったが、裂けはしなかった。嫌な硬い異物感を感じる。円形のつまむ部分だけが外に出て見えている。

直腸粘膜へ浣腸液が浸潤してくる。じわじわ効いてきて、排泄欲求が高まってくる。

(あぁぁ、浣腸されて栓まで……。だめぇぇ、こんなことぉ)

結菜はお尻の穴に栓をして浣腸で悩ませる魂胆だとわかる。そんなことはこれまで想像もしていなかった。

「バルーン式のアヌス栓もあるんだ。空気を入れて膨らませるやつね」

「えっ……」

また異様な栓のことを言われて、結菜はわからなかった。

秀樹がバッグから袋を出して、中から黒いしぼんだバルーンを取り出した。バルーンからは管が伸びていてゴム球が付いていた。

「むふっ、このゴム球でバルーンを膨らませるんだ」

秀樹はそう言って、ゴム球を握りつぶし、シュッ、シュッと音を立ててバルーンを膨らませた。

「な、何をする気ぃ、いやーん」

結菜はバルーンをお尻の穴から入れられると思うと、狼狽えて、嫌々とかぶりを振った。

「じゃあ、アヌス栓抜くけれど、栓が抜けたら、結菜ちゃん、すぐ肛門をギュッと締めるんだよ」

「うあぁ、し、締めるのぉ」

「ギューッと力入れて、締めて我慢しないと、浣腸したのがドバッと出て、大変なことになる」

「いやっ、だめぇっ」

「だから、ギュッとだ。さあ、抜くよ。抜いたらすぐ、バルーンをズボッと入れて、また栓をする」

「ひぃ、許してぇ」

硬いプラスチックのアヌス栓を引っ張られた。

「あうぅあぁっ、だ、だめぇぇっ」

出てきそうになって肛門が盛り上がり、異様な眺めになった。もう抜けそうだ。

「ほーら、抜けるぞぉ」

ボコッと音がしてアヌス栓が抜けた。

「うンはぁあああぁーっ！」

一瞬、肛門がポカァと大きく開口した。

体内の浣腸液はまだ奥に溜まっていて、直腸が強く締まっているため、排泄されなかった。それに結菜も秀樹に言われたとおり、必死に肛門を締めていた。

しぼんだバルーンがズブズブと挿入されていく。

「あひぃぃぃ……」

結菜のお尻の穴はバルーンをすんなりと受け入れた。それでも結菜はバルーンを直腸壁で味わって、まだ膨らまされていないのに、呻き声を発して悩乱する。

秀樹が空気を送るゴム球を握って、シュッ、シュッとバルーンを膨らませた。

「あはぁあうぁあっ、だめぇ、膨らむぅ。あぁあああーっ！」

バルーンの膨張で直腸壁が押されて拡張されていく。異常な拡張感で浣腸とは別種の排泄欲求が高まり、手足を縛られた身体を机の上で芋虫のように悶えさせた。

「ほーれ、これでもう溜まっているものは出せないぞ」

「ひぃぃ、ふ、膨らんでるぅ。空気、抜いてぇ」

「はっはっは、アヌス栓では防ぎきれないんだ。これならピタッと排泄が止められて、じっくり楽しめる」

秀樹を振り返ると、いかにも楽しそうに相好《そうごう》を崩している。結菜は泣きだしそうな顔になって、力なく首を振った。

結菜の排泄器官は、もう死にたくなるような異常な排泄欲求と直腸壁に加えられる圧迫で今にも爆発しそうだ。

「もっと膨らませてみよう」

「ええっ」

恐ろしい言葉だった。

シュッ、シュッと、またバルーンに空気が送り込まれた。

「うあぁぁ、膨らむぅ。だ、だめぇぇぇーっ！」

直腸壁を押し拡げていたバルーンがさらに膨張して、肉壁が限界まで拡張した。

もうお尻の中がはち切れそうになっている。未体験の悶えの中に入っていく。浣腸による排泄欲求とバルーンによる惨い拡張感が合体して、×学生の結菜の排泄器官は生き地獄の様相を呈している。

「も、もうだめぇっ。空気抜いてぇ。お願いぃ、お尻の、中がぁ！」

四つん這いのお尻がぐんと高く上がっていき、ガクンとまた下がる。

「うわぁうっ」

呻いてブルブルッと丸い尻たぶが痙攣した。またぐっと背が反って頭が上がった。恨めしそうな眼で秀樹を振り返って「や、め、てぇ……」と、途切れとぎれに言う。排泄欲に嬲られて、その圧が肛門に押し寄せるが、バルーンの栓で強力に堰《せき》止められてしまう。

「ほーれ、蛇の生殺しだ」

「あぁうぅぅ……い、いやぁぁ……」

秀樹は結菜の嘆きと苦悶を見て、顔にニヤリと笑みを浮かべた。そして何を思ったのか、バルーンの空気を送るゴム管を摑んで上に引っ張った。

「はうぅうっ、や、やめてぇぇーっ！」

直腸が肛門から出てきそうな衝撃を受けた。叫び声が大きかったせいか、いちおう秀樹の手は止まった。

「ふっふっふ、ほーら、だいぶ受け入れてきた。身体がエロ責めを認めたんだ」

「いやぁ、み、認めてなんかないっ」

やめてと絶叫しているのに、受け入れる、認めるなんてことないっ。そう叫びたい結菜である。

「オマ×コからヌルヌルしたのがいっぱい出てきてる。結菜ちゃんのお穴がトローッと熱く溶けてる。どこから出てくるの、その粘液は？」

結菜は今確かに幼膣から分泌しているのを感じている。それが愛液よりずっと量が多いし、熱いので、どうも胎内の奥から出る感じがした。子宮からも出てくるような気がする。

「それは膣液、いや子宮の液で……何粘液だったかな？　そうだ、頸管《けいかん》粘液だ」

「えっ……な、何？」

「頸管粘液は射精された牡の精子を子宮に取り込む働きがあるんだ。それが結菜ちゃん、トロトロになって出てきてる」

「うあぁ、だ、だから、あぁ、何ぃ？」

「ぐふふ、されたがってる」

「いやぁぁ、違うぅ」

「勃起のビンビンのやつを、むぐふふ、ズボッとぉ」

「ああっ、されたくないっ、も、もう、浣腸されて、だめになってるのにぃ」

秀樹は肉棒だけで狙って嵌《は》め込もうとし、手を使わずに亀頭をちょんちょんと幼穴に当ててきた。

結菜はその感触で背後の秀樹を振り返ろうとしたが、その前に秀樹は腰を引くと、ズンッと一気に突っ込んだ。

「ふンぎゃあぁうぅっ！」

「ぐふっ、一発で嵌《はま》ったな」

言葉どおり、ひと突きでヌルヌルの少女膣を串刺しに仕留めた。小さな入りにくい少女マ×コの奥深くまで犯して、ペニスが没入した。

腰の反動をつけた一突きだった。結菜は秀樹がそんないじめるやり方をすることがよくわかっていた。諦めの境地で覚悟していたが、そのとおりになって「あンおぉン！」と嘆きと子宮口の疼痛と不気味な快感が混ざりあった鼻声のわななきを奏でた。

「やっぱり、四つん這いがいい。浣腸のとき犯すのはそれでないとできないしな。後ろからズボズボやると、女の子にとって心の問題としても、犯され感が違うだろう。

むぐふふふ」

秀樹は×学生の少女に対して決して許されない考え方を面白がって披露した。

「もう一度、チ×ポを嵌めてやる」

「うわぁっ」

バックから弾みをつけてズンズン入れる。そのうえ髪まで掴まれて引っ張られ、顎が上がって、そんないじめるかたちで犯す。

「もう、いやぁーっ、いやぁぁっ！」

結菜はかん高い啼き声を脳天から響かせた。

それでも「むふふふ」と後ろから、結菜のつらい悲鳴を笑うような秀樹の声が聞こえて、嫌悪感で後ろを何とか振り返って秀樹を睨もうとした。

だが、そのときズンッとバックからの強烈な突きが決まって、ガクガクと腰が痙攣して柔らかい丸い尻たぶがブルンと揺れた。

激しいピストンで、肉棒と幼膣のマ×コ穴の間からビジュッと膣液、愛液の飛沫が散った。

手で掴んだ肉棒をぐるぐると回されて亀頭で膣壁を刺激され、浣腸快感の地獄の中で肉棒をズブッと深くまで挿入された。

「はンあぁうあああっ」

肉棒の太い茎が膣穴の直径を押し拡げ、子宮まで先っぽが嵌っていた。

尻肉を摑まれて、ズンズンと二回思いきり突かれて、膣の底の底まで嵌め込まれた。

「むぐぅ、は、入ったぁ。バルーンで直腸のほうから押されて、オマ×コの中が狭くなってるからな。チ×ポが圧迫されて、抜群に気持ちがいい」

ただでさえ少女の膣内は狭いのに、浣腸とバルーンの栓で狭隘《きょうあい》になっている。そこへ大人の勃起した太い肉棒がズコッと入ったのだ。結菜の胎内はいっぱいになって、神秘的な生殖器は悲鳴をあげていた。

秀樹が腰を引いていく。

膣の分泌液でヌラヌラした勃起ペニスが穴からズルッと出てきて、またしっかり構えられた。

「それっ」

再び力を入れて肉棒を突っ込まれた。

「うンひぃぃぃーっ!」

肉棒が膣の最奥の行き止まりまで嵌り込んだ。

膣底の限界のところがさらに奥へと押し上げられて、子宮もねじ曲げられた。亀頭が腹膜を内臓のほうへ押し上げた。

左右の腰骨を両手でがっちりと掴まれ、その位置を固定されて、ズコズコと一気呵《か》成《せい》にピストンされはじめた。

「はぁあうあぁあぁあーっ」

快感の呻き声を発して、後ろ手縛りの身体を悶えさせる。

また亀頭を膣口まで引かれて、そこからズズンと膣奥まで突っ込まれ、さらに激しくピストンされた。

結菜は口を開けたまま顎が上がってしまい、机の上に這いつくばって喘ぎつづける。

大陰唇はすでに赤っぽく変色しているように見える。それは完全に充血して興奮しているせいで、バルーンの膨張による直腸の膨満によって性器は圧迫されている。膣壁、膣前庭まで充血して快感に支配されていた。

「おうむぅう、で、出るぞ」

何が出ると言っているのか、結菜はわかっている。

バルーンの圧で狭隘となった結菜の幼膣で秀樹の勃起が暴発した。

ドビュルッ……ドビュ、ドビュビュッ……ドピュッ！

「ふンあぁあああっ、やぁあぁーん、あぁあああーん！」

膣肉と子宮口に、熱いまったりの液汁を何度も吐きかけられた。結菜は愛液が出まくる状態の中で、膣壁で肉棒がビクンビクンと跳ねるのを感じた。

「むおあぁっ、うおぉーっ」

秀樹が鬼の形相《ぎょうそう》になって、漲《みなぎ》る肉棒を結菜の膣底までせり上げた。

ドビュビユッと、熱い液汁が吐き出されるのを結菜は膣壁で感じた。

「むぐおっ……おおうっ……」

どす黒い雄叫びとともに、ドビュッ、ドビュッと結菜の胎内で吐精が繰り返されていく。

「うあぁあぁン！　く、来るぅ……あ、あぁぁ、熱いのがっ、来るぅ！」

ドビュッ、ドビュビユッ、ビジュルッ！

バルーンによる直腸側からの圧迫で、秀樹の肉棒が狭い幼膣の壁に強く挟まれて通常より圧迫摩擦の快感が強かったらしい。牡の射精快感が上昇して急な吐精となった。

（あ、熱いっ……せ、精液ぃ、いっぱいぃ！）

義父の体内で温められていた精汁が浣腸悩乱の中で膣壁にジュッと浸潤してきた。

結菜は嫌でもその熱を味わってしまう。

虚空《こくう》を見つめる結菜の瞳は、涙さえ流すことなく凍えきって凝視する眼差しになっていた。

華奢な腰をしっかり手で捕捉され、亀頭を子宮口に押しつけられて、ジュルッと残り汁の精液を中に射精し注入された。

結菜は否応なく精液、精子を少女の母胎の肉袋の中で受け入れてしまう。

身体の中に吸収される感覚を持ってしまって、今おぞましい気持ちが結菜の心の中を支配している。

「まだ大人になっていない結菜ちゃんには、むふっ、射精して種付けしても大丈夫だよね。お互いよかったね」

「あぁっ」

聞きたくないおぞましい言葉だった。異常な言い方をされ、ニヤニヤされて結菜は絶望感に襲われた。

（わ、笑ってるぅ……）

犯して射精していったあとの義父のにやけた顔なんて見たくなかった。中出しされた牡汁が胎内で吸収される不気味な味わいを今感じている。妊娠しなくても、大人の男の体液をしかも義父のそれを出されたくない。子宮で吸収したくない！

その思いとともに、便意が急激に高まってきた。

「あぁぁ、も、もう、だめぇ、おトイレに、行かせてぇ」

涙声で訴えた。

「むふふ、バルーンの栓を抜いてやる」

秀樹はにんまりとほくそ笑むような顔をした。

排泄させるため、結菜の脚を縛った縄だけ一気に解いていった。手は抵抗されそうなのでまだ解かれない。

「あぁうぅぅ」

結菜は緊縛の苦悩からようやく解放されて、やや人間らしい表情を取り戻してきた。

「出させてやる……ただし、トイレは行かなくていい。ここにするんだ」

「えーっ」

秀樹は結菜の前にプラスチックの大きなバケツを置いた。

「やだぁ、そ、そんとところにできないわ」

「できるさ、ブリブリッと」

「だめぇぇーっ」

結菜は顔をしかめて涙声になった。

ゴム管についたねじを回して、シューッと空気を抜いた。

「あはぁうあぁぁぁ……」

はち切れそうになっていた直腸が緩んで楽になった。それと同時に、排泄欲の圧がどっと肛門に押し寄せた。

しぼんだバルーンが結菜の肛門からズボッと抜き取られた。

「ひゃあうっ」

お尻のすぐ後ろにバケツが置かれている。

「だめぇぇ、こんなところでぇ」

「いいから、ドバッと出してしまえ」

「やぁぁぁーん、恥ずかしくて死んじゃう」

結菜は目の前で排泄させようとする秀樹を睨み、頭を振りたくる。トイレに駆け込みたいが、後ろ手縛りの身をどうすることもできない。

「見ないでぇ……あぁぁ、やだぁぁぁ！」

ついに忍耐の限界を越えた結菜は、自らバケツにお尻を向けてそのときを待った。

「だ、だめぇぇぇーっ！」

浣腸液に混ざった汚物が飛び出してきた。それを結菜は恐れていた。排泄音もつらかった。

「ほーら、出てきた、出てきた」

言われたくない言葉だった。

「あぁぁ、い、いやぁ、いやぁぁぁ……」

傷つきやすい年ごろの少女なのに、見られながらの排泄という屈服となってしまい、二度と立ち上がれないような惨さだった。まさに羞恥地獄の屈服となってしまい、二度と立ち上がれないような惨さだった。まったく顔を上げることができずにその場に佇んでいると、秀樹に髪を撫でられ、身体をさすられた。一見優しそうだったが、どうせ卑猥なことを企んでいるに決まっている。変態の義父に気を許すことなどできるはずもない。

「×学生の結菜ちゃんはね、むふっ、あ、穴が小さいから」

何を言いたいのだろう。どうせスケベでひどいことを言って、面白がろうという魂胆だとわかっている。

「パパのこの、ほら、太いおチ×ポでメリメリ拡げちゃったから」

秀樹が顔に笑みを浮かべて言う。やっぱりいやらしいこと」言ってきた。結菜はちらっと義父の肉棒を見た。

表情は変えないが、膣を太いもので拡げられたショックを思い出した。

「太いからね、グイグイ入れたら穴が開ききって……むお、いじめる興奮でビンビンに勃起したよ。最後にドピュッと出たしね」

「やーん、もうさせない！」

楽しそうに言ってくるので、結菜は気持ちが高ぶって抗いの声をあげた。

秀樹に腰に手を回されて、お尻を撫でられた。指がお尻の割れ目に入って、すみれ色のすぼまりに接触した。

「まだここはやってないから、いつかおチ×ポを入れさせてね」

「だめぇ、そんなところ。入るわけないっ」

「入るよ。ヌルヌルの液をつけてよーく揉みほぐして」

「うあぁ、しないでぇ」

腰をひねって横を向いた。だが、横向きになるだけではまだお尻の穴は秀樹の指でイタズラされていく。指先がニュッと少しだけ入れられた。

「いやっ、いやぁ」

ちょっと爪先立ってしまう。

「ぐふ、ふふふ」

しばらく指先だけ曲げたり伸ばしたりして肛門をいじられた。

「前も後ろもハメハメして、お互い楽しもうね」

「あうぁぁぁ」

背筋に悪寒《おかん》が走る結菜である。言ったことは必ず実行するのが秀樹の恐いところ。

悪い予感しかしなくて、力なくその場に立っていた。

前から抱きしめられて、「いやぁ」とむずかって顔を背けたが、その背けた顔を秀樹に手で自分のほうに向けさせられた。結菜は言うことを聞かせようとするように、愛らしい小さな唇に強引にキスをされた。

◉新人作品**大募集**◉

マドンナメイト編集部では、意欲あふれる新人作品を常時募集しております。採用された作品は、本人通知のうえ当文庫より出版されることになります。

【応募要項】未発表作品に限る。四〇〇字詰原稿用紙換算で三〇〇枚以上四〇〇枚以内。必ず梗概をお書き添えのうえ、名前・住所・電話番号を明記してお送り下さい。なお、採否にかかわらず原稿は返却いたしません。また、電話でのお問い合せはご遠慮下さい。

【送付先】〒一〇一-八四〇五 東京都千代田区神田三崎町二-一八-一一 マドンナ社編集部 新人作品募集係

美少女肛虐調教《びしょうじょこうぎゃくちょうきょう》 変態義父《へんたいぎふ》の毒手《どくしゅ》

二〇二三年 二月 十日 初版発行

著者◉高村マルス【たかむら・まるす】

発行◉マドンナ社
発売◉二見書房
東京都千代田区神田三崎町二-一八-一一
電話 〇三-三五一五-二三一一(代表)
郵便振替 〇〇一七〇-四-二六三九

印刷◉株式会社堀内印刷所 製本◉株式会社村上製本所 落丁・乱丁本はお取替えいたします。定価は、カバーに表示してあります。

ISBN978-4-576-23001-6 ◉Printed in Japan